Gabriel Gravier

La route du Mississippi

Antigonos

Gabriel Gravier

La route du Mississippi

Réimpression inchangée de l'édition originale de 1878.

1ère édition 1878 | ISBN: 978-3-38662-297-4

Antigonos Verlag est une marque de Outlook Verlagsgesellschaft mbH.

Verlag (Éditeur): Outlook Verlag GmbH, Zeilweg 44, 60439 Frankfurt, Deutschland
Vertretungsberechtigt (Représentant autorisé): E. Roepke, Zeilweg 44, 60439 Frankfurt, Deutschland
Druck (Imprimerie): Libri Plureos GmbH, Friedensallee 273, 22763 Hamburg, Deutschland

LA
ROUTE DU MISSISSIPI

PAR

Gabriel GRAVIER

Officier d'Académie,

Membre de la Société de Géographie et de la Société des Antiquaires de
Normandie, trésorier de la Société de l'histoire de Normandie,
Vice-Président de la Société Rouennaise de Bibliophiles ;

Membre correspondant de la Société de Géographie commerciale de Paris,
de l'Académie de Stanis'as de Nancy, de la Societad económica de Gran-Canaria,
de la Società ligure di Storia patria de Gênes ;

Lauréat de la Société de Géographie et de la Société libre d'émulation du
Commerce et de l'Industrie de la Seine-Inférieure.

NANCY

TYPOGRAPHIE DE G. CRÉPIN-LEBLOND

14, GRAND'RUE (VILLE-VIEILLE).

1878

LA ROUTE

DU MISSISSIPI.

I. — Ponce de Léon (1512-1521).

Au commencement du XVIe siècle, il y avait à Porto-Rico, dans les Antilles, un *adelantado* du nom de Ponce de Léon ; il était de ces fameux *conquistadores* que les rois d'Espagne jetaient alors chaque jour sur l'Amérique. Quelques anciens auteurs prétendent qu'il avait eu la bonne fortune d'accompagner Christophe Colomb dans l'un de ses voyages.

Les Indiens lui dirent que dans l'île de Bimini et dans une autre île du nord-ouest se trouvaient une fontaine et un fleuve dont les eaux miraculeuses rendaient aux vieillards la jeunesse et la santé.

Ponce avait une jeune femme et ne comptait pas moins de cinquante-deux ans. C'est dire qu'il regardait souvent en arrière, aux jours de sa jeunesse ; que le plaisir qu'il aurait eu à recouvrer la vigueur de corps et d'esprit, les rêves de gloire et d'amour de sa vingtième année, lui faisait prêter une oreille attentive aux discours des Indiens.

Lui mort, sa découverte fut oubliée. Le Mississipi disparut des cartes ou n'y figura que dans des situations imaginaires. C'est en 1699 seulement que Le Moyne d'Iberville en découvrit de nouveau les embouchures et y jeta les fondements de la puissance française (1).

---

la Salle, pp. 245 et seq. — M. F. PARKMAN, *The discovery of the Great West,* pp. 310 et seq.

(1) *Lettre d'Iberville écrite de Rochefort, en juillet 1699, à son retour de l'expédition à l'embouchure du Mississipi.* (Bibliothèque nationale, F. F. n° 1628). PÉNICAULT, *Relation ou Annalle de ce qui s'est passé dans le pays de la Louisiane.* (Ms de la Bibliothèque de Rouen).

Nancy, Imprimerie de G. Crépin-Leblond.

En ce temps-là, on voyait partout des choses surnaturelles. Les gracieuses fictions de la Grèce et les créations fantastiques du moyen-âge avaient droit de cité dans la cosmographie chrétienne et dans les croyances de l'Europe. Le monde réel était noyé dans le monde imaginaire : le vrai seul paraissait invraisemblable. Les aventuriers que le fanatisme et la fièvre de l'or poussaient en Amérique s'attendaient à fouler une terre enchantée. Il y avait d'ailleurs en Europe, à ce que l'on disait, beaucoup de sources qui guérissaient toutes les infirmités ; pourquoi n'y aurait-il pas eu en Amérique une fontaine et un fleuve guérissant de la vieillesse ?

Ni plus ni moins crédule que ses contemporains et que beaucoup des nôtres, Ponce admit comme exacts les récits des Indiens et partit avec l'espoir que, si la fortune le favorisait, sa femme le reverrait dans tout l'éclat de la jeunesse.

Son expédition dura six mois. A son retour les Porto-Ricciens remarquèrent malicieusement qu'il était plus vieux et plus malade qu'avant son départ. Ils voyaient juste, ce qui ne les a pas empêchés, comme tous les autres Espagnols, de chercher, un siècle durant, dans les rivières, les fontaines, les lacs et les marais, l'eau miraculeuse qui les devait rajeunir.

Ponce de Léon n'avait pas, cependant, perdu sa peine.

Le 27 mars 1512, jour de Pâques-Fleuries (*Pascua Florida*), il avait découvert et baptisé du nom de Floride la péninsule qui termine au sud-est l'Amérique septentrionale ; il avait observé les forts courants qui viennent de l'ouest et ouvert aux marins espagnols le canal de Bahama. Cette double découverte et l'espoir de trouver en Floride d'immenses richesses durent beaucoup adoucir l'amertume de son insuccès relativement aux sources miraculeuses.

En habile conquistador, il vint demander à Ferdinand V l'autorisation de conquérir les terres par lui découvertes. Sa Majesté Catholique accordait très-facilement ces autorisations : elles ne lui coûtaient rien, elles agrandissaient l'empire, elles rapportaient de grosses sommes au trésor, elles devaient, dans sa pensée, amener à la foi chrétienne les idolâtres américains. Le roi accorda donc à Ponce de Léon, son ancien page, la faveur qu'il sollicitait, et le fameux conquistador partit de Séville, en 1591, avec trois caravelles, pour faire la conquête de la Floride.

Ponce ne supposait pas que des sauvages pussent tenir devant lui. Il se trompait. Les Floridiens aimaient leur indépendance, leur beau pays, leurs pauvres cabanes, leurs enfants, peut-être aussi leurs femmes, et ne se souciaient nullement de passer sous le joug des Espagnols. Sans s'effrayer de l'imperfection de leurs armes, de leur ignorance de la tactique et de la stratégie, ils engagent la lutte bravement, mais, il faut le dire, sans courtoisie, sans nul souci des lois de la guerre. Ils considèrent les envahisseurs comme des bandits et les traquent, les tuent sans pitié ni miséricorde, par tous les moyens. Cela fait frémir, mais huit ennemis seulement leur échappent et, pour cette fois, leur pays est sauvé.

Ponce, blessé à la cuisse, meurt dans l'année, moins de ses blessures que de la honte d'avoir été si complétement battu par des sauvages (1).

II. — Mirvelo. — Vasquez de Ayllon (1521-1524).

Quelques années plus tard, une caravelle espagnole, commandée par le pilote Mirvelo, toucha fortuitement aux côtes de la Floride et fut très-bien accueillie par les indigènes.

Mirvelo ayant porté cette nouvelle à Saint-Domingue, sept habitants se formèrent en société, armèrent deux vaisseaux

____

(1) Une petite baie de la côte occidentale porte encore son nom, conjointement avec celui de Chatham.

et les envoyèrent prendre en Floride des hommes pour les travaux des mines.

Ces vaisseaux abordent au cap Sainte-Hélène et sont bien reçus par les Indiens. Les Espagnols paraissent touchés des délicates attentions de leurs hôtes et les invitent courtoisement à visiter les navires. Cent trente Indiens répondent à cette invitation. Ils ne soupçonnent rien; et pourquoi soupçonneraient-ils quelque chose? Dès qu'ils sont sur les navires, les Espagnols lèvent l'ancre et font voile pour Saint-Domingue. L'un des navires périt dans la traversée; l'autre rentre au port, mais il a perdu sa cargaison. Comme le dit Garcilasso de la Véga, ces pauvres sauvages, au désespoir d'avoir été trompés, s'abandonnèrent à la douleur et se laissèrent mourir de faim.

Instruit de ces affaires, Vasquez de Ayllon vient solliciter en Espagne l'autorisation de continuer les découvertes de Ponce de Léon. Charles-Quint lui accorde sa demande et la croix de Saint-Jacques. De retour à Saint-Domingue, Vasquez arme trois navires et part, en 1524, avec le pilote Mirvelo. Le vaisseau amiral se perd, et le pilote, qui ne peut retrouver sa route, meurt de chagrin. Vasquez continue d'avancer, et jette l'ancre sur les côtes de la Caroline du Sud, au cap Sainte-Hélène, près de la rivière Jourdain.

Les Indiens commencent par le bien recevoir, mais quand ils le voient détacher deux cents hommes pour explorer le pays, ils se souviennent de la trahison des premiers Espagnols, et pensent à la vengeance. Ils dissimulent leurs intentions, conduisent les Espagnols dans les terres, les massacrent à la première occasion, puis tombent à l'improviste sur la troupe restée à la garde des vaisseaux et la forcent de se rembarquer en toute hâte.

L'expédition de Ayllon n'eut aucun résultat; cependant Diego Ribero, sur sa carte de 1529, inscrit le nom de ce conquistador sur l'ancienne Floride.

III. — Panfilo de Narvaez (1528).

Trois ans plus tard, en 1528, Panfilo de Narvaez vint à son tour tenter la conquête de la Floride. Sa commission lui donnait droit aux vastes contrées qui s'étendent du cap Florida au cap das Palmas. Il débarqua vers la fin d'avril, avec quatre cents hommes, au cap qui porta un instant le nom de *Corrientes* (probablement le cap Malabar), à cause des forts courants qui arrêtèrent Ponce de Léon à l'entrée du canal de Bahama.

Les Floridiens ne pouvaient lutter contre des forces aussi considérables, mais ils exploitèrent, avec une merveilleuse habileté, la passion dominante des Espagnols. Narvaez ignorait complètement la géographie du pays et n'avait pas pour vingt-quatre heures de vivres ; mais les fauves reflets des ornements d'or que portaient les Floridiens troublaient son jugement et ne lui permettaient pas d'écouter les conseils de la prudence. Les perfides avis des Indiens répondaient si complétement à ses désirs, qu'il partit le 1er mai, sans aucune étude préliminaire, sans s'assurer des vivres, sans même prendre le temps de mettre sa flotte en sûreté.

Il marcha cinquante-neuf jours, à travers monts et marais, avec une peine infinie, sans autre nourriture que des racines et les fruits du palmier sauvage. Arrivé à l'endroit indiqué, Apalachen, il trouva un village d'une quarantaine de cabanes dont il s'empara facilement ; mais il n'y avait pas de vivres et rien des monceaux d'or qu'il y croyait en dépôt.

Sur toute sa route il avait montré cette excessive dureté qui caractérise les conquistadores. Les Indiens, exaspérés, s'embusquent dans les bois et ne permettent plus à sa troupe affamée de faire un pas hors du village. Narvaez, qui se trouvait pris entre la famine et la retraite, choisit la retraite. Après une marche qui lui coûta un tiers de ses compagnons, il atteignit la baie de Saint-Marc, aujourd'hui connue sous le nom de Appalachie.

Il construit à la hâte cinq pirogues, et toutes les chemises de la troupe sont employées à faire des voiles. Une cinquantaine d'hommes s'entassent dans chacune de ces frêles embarcations dont le plat-bord n'émerge que de quelques centimètres. Le danger est imminent, mais les Floridiens sont impitoyables, et la mer seule, malgré ses caprices féminins, laisse une lueur d'espoir. Un village de la côte, qui ne connaissait pas encore les Espagnols, leur donne des secours ; bientôt il s'en repent et les rejette à la mer.

Narvaez voyant la partie perdue et les vagues qui s'agitent d'une manière inquiétante, ne pense plus qu'à son propre salut et se sauve avec la meilleure des embarcations en recommandant charitablement aux malheureux qu'il abandonne de se tirer d'affaire comme ils pourront. On n'a plus entendu parler de lui. La tempête a chaviré les quatre autres pirogues. Quatre-vingts hommes seulement parvinrent à gagner une petite île qu'ils nommèrent *Malhadada* (Malheureuse), et finirent, au grand scandale des sauvages, par se manger les uns les autres.

Des quatre cents Espagnols débarqués en Floride au mois d'avril 1528, quinze parvinrent, le 15 mai 1536, après huit ans d'absence, à regagner le continent.

IV. — Hernando de Soto (1539-1542).

Le 31 mars 1539, moins de trois ans après le désastre de Narvaez, Hernando de Soto pénétrait en Floride par la baie du Saint-Esprit (Espiritu Santo ou Tampa Bay). Il prétendait avoir pour but l'expansion de l'Évangile et de la civilisation. Que de philanthropie pour un ancien compagnon de Pizarre ! Il n'en était rien, malheureusement. La religion et la civilisation ne le préoccupaient en aucune façon. Il croyait aux faveurs de Charles-Quint et au dieu que les Israélites adoraient au pied du Sinaï. Pour lui, comme pour les autres, ainsi que le disait Lope de Vega, l'un de ses contemporains, la religion était un prétexte pour piller les trésors du Nouveau Monde :

> So color de religion
> Van a buscar plata y oro
> Del encubierto tesoro (1).

Soto a traversé la Floride du sud au nord et de l'est à l'ouest, passé le Mississipi, parcouru les contrées qui portent aujourd'hui les noms de Géorgie, Alabama, Mississipi, Arkansas, Louisiana. Cette exploration, qui ne dura pas moins de trois ans, ferait à sa mémoire le plus grand honneur s'il n'en avait marqué toutes les étapes par des crimes qui rappellent les exploits de ses maîtres, les conquistadores du Mexique et du Pérou.

Ses marches, ses contre-marches et ses victoires le conduisirent à Guachoia, petit village au confluent de la rivière Rouge (Red River) et du Mississipi. Sa troupe, réduite de moitié, était dans une situation désespérée; il fut pris de chagrin et mourut le 21 mai 1542.

Les Espagnols sont nos voisins, nos congénères, nos amis; ils partagent notre civilisation, notre foi; ils ont fait une grande chose en ouvrant au vieux monde le continent américain; nous faisons pour leur bonheur les vœux les plus sincères et les plus désintéressés. Mais, dans le passé, leur conduite fut tellement cruelle, tellement déloyale, que nous voyons avec plaisir leur destruction par les Indiens.

Soto n'a laissé de son passage que le souvenir d'un nom détesté, une haine si violente contre les hommes de son pays que, pendant bien des années, le suprême bonheur des Floridiens fut d'écorcher vif un Espagnol.

Au dernier jour, son confesseur lui remit ses péchés, ras-

---

(1) **El Nuevo Mundo**, Jorn. I.

sura sa conscience et lui promit les joies du ciel. J'ignore là valeur de ce laisser-passer; mais je sais bien que l'histoire, moins indulgente, n'admettra pas qu'un homme ait pu se croire le droit, pour assouvir sa cupidité, de chasser l'homme comme on chasse le cerf, de piller des villages, de violer des tombeaux, de charger de chaînes jusqu'à des femmes, de massacrer des milliers de personnes qui ne demandaient qu'à vivre en paix dans le coin de terre que Dieu leur avait donné.

V. — JEAN NICOLET (1618-1642).

Tandis que les Espagnols essuyaient en Floride de sanglantes défaites, les Français s'installaient au nord et fondaient pacifiquement la colonie qui porta le beau nom de Nouvelle-France. Il ne m'est pas possible de raconter, même sommairement, cette glorieuse page de notre histoire, mais il me sera permis de rappeler en passant que le premier mariage européen célébré à Québec fut celui d'Etienne Jonquest, normand, et d'Anne Hébert, normande (1).

Du jour où Jacques Cartier s'aventura sur le St-Laurent, on rêva la découverte, par le Nord, du passage à la Chine que les Espagnols avaient cherché, pendant vingt ans, au droit de l'isthme du Darien, et que Fernando Magalhaês ou, comme nous disons, Magellan, découvrit le 21 octobre 1520, à l'extrême sud de l'Amérique méridionale.

---

(1) F. GABRIEL SAGARD THEODAT, *Histoire du Canada et voyages que les Frères Mineurs Recollets y ont faicts pour la conuersion des infidelles;* Parıs, Claude Sonnius, ruë S. Jacques à l'Escu de Basle et au Compas d'or, M. DC. XXXVI, p. 41; Paris, Tross, 1866, p. 53. — M. L'ABBÉ TANGUAY, *Dictionnaire généalogique des familles canadiennes depuis la fondation de la colonie jusqu'à nos jours;* Province de Québec, Eusèbe Sénécal, 1871, t. I, p. 326, col. 1. Cet ouvrage est le livre d'or de la colonie française. L'auteur a bien mérité de la colonie et de la métropole dont il fait revivre, par ses patientes recherches, les glorieux souvenirs.

Le premier qui, après Champlain, chercha la solution du problème posé par Cartier, est Jean Nicolet, fils de Thomas, messager ordinaire de Cherbourg à Paris, et de Marguerite de la Mer (1).

Jean Nicolet était homme d'aventures et de grand cœur (2). Arrivé au Canada en 1618, il resta seul, pendant deux ans, chez les Algonquins de l'Ile des Allumettes pour apprendre leur langue. Il les accompagnait dans tous leurs voyages « avec des fatigues qui ne sont imaginables », dit le P. Vimont, « que pour ceux qui les ont veües. » Il fut plusieurs fois sept et huit jours, une fois sept semaines, sans autre nourriture qu'un peu d'écorce et de tripe de roche (3). Par son intervention, les Algonquins et les Iroquois, ennemis mortels depuis longtemps, firent une paix qui ne servait pas moins leurs intérêts que ceux de la colonie française.

Il quitta les Algonquins pour passer chez les Nipissings. Pendant huit ou neuf ans il fut chez ces derniers sur le même pied que les guerriers indigènes, c'est-à-dire qu'il siégea dans le conseil des anciens, qu'il eut sa cabane et son ménage et fit pour son compte la traite et la pêche. Vers 1634, il fut rappelé à Québec, mais pour repartir aussitôt et mettre à profit ses connaissances géographiques et son expérience de la vie indienne.

---

(1) M. l'abbé Tanguay, *Op. cit.*, p. 451, col. 2. — M. Benjamin Sulte, *Mélanges d'histoire et de littérature* (Jean Nicolet) ; Ottawa, Joseph Bureau, 1876, pp. 411-418.

(2) Adventurons and noble hearted sieur Nicolet. (M. J. Gilmary Shea, *Discovery and exploration of the Mississipi valley ;* Redfield, New York, 1853, p. xx).

(3) B. Vimont, *Relation de ce qui s'est passé en la nouvelle France en l'année 1643*, p. 3. — Nous nous servons de l'édition de Québec de 1858. Cette édition réunit, en 3 forts vol. in-4°, toutes les relations envoyées de la Nouvelle-France, par les PP. Jésuites, de 1611 à 1672. Chaque relation a sa pagination distincte.

Il passa chez les Hurons, prit sept Sauvages e s'enfonça résolûment dans la direction du lac Michigan, à la recherche des Winnebagoes (1), qu'il croyait voisins du Pacifique ou d'une grande rivière y conduisant.

Quand les Indiens s'enfuyaient à son approche, il leur laissait, comme Jacques Cartier, des présents sur des bâtons, fichés en terre. Les naturels s'apercevaient bien vite qu'il était un voyageur inoffensif, un ami des *Robes-Noires* et des *Pieds-Nus-de-Saint-François*, et lui donnaient avec empressement des guides et des vivres. Il fît ainsi, sans accident, avec son escorte de sept sauvages, les trois cents lieues de route qui séparent le pays des Hurons de celui des Winnebagoes.

Arrivé à deux journées de marche de sa destination, Nicolet envoya l'un de ses compagnons porter des nouvelles de paix. Son messager fut bien accueilli, surtout quand on apprit qu'un Français devait porter la parole. Une troupe de jeunes guerriers vint à sa rencontre pour porter ses bagages et lui faire honneur. Il revêtit une robe de damas de la Chine parsemée de fleurs et d'oiseaux, ce qui produisit un grand effet sur les sauvagesses et ne contribua pas peu à lui faire donner le nom de Maritouiriniou (Homme Merveilleux). Ses deux pistolets ou tonnerres, comme disaient les Winnebagoes, mirent en fuite les femmes et les enfants; son arrivée n'en fut connue que plus promptement et quatre à cinq mille hommes assistèrent aux conférences.

La paix fut conclue et chacun des principaux chefs donna

----

(1) « Quelques François les appellent la nation des *Puans* à cause que le mot Algonquin Ouinipeg signifie eau puante; or ils nomment ainsi l'eau de la mer salée, si bien que ces peuples se nomment Ouinipigou, pource qu'ils viennent des bords d'une mer dont nous n'avons point cognoissance, et par conséquent il ne faut pas les appeler la nation des *Puans*, mais la *nation de la mer* ». (VIMONT, *Relation de 1640*, p. 35).

un festin en l'honneur de Jean Nicolet. L'un d'eux, dit le P. Vimont, fît servir plus de 120 castors (1).

Jean Nicolet croyait, avec tous les voyageurs de son temps, que la mer de Chine était peu distante des grands lacs, et comme le dit M. Francis Parkman, il n'aurait pas été surpris de trouver chez les Hommes de mer une troupe de mandarins (2). Il est permis de croire que la recherche du passage à la Chine fut ce qui détermina son voyage à la baie Verte, pays des Winnebagoes.

En tout cas, les festins terminés, il se remit en route dans la direction de l'ouest, remonta la Fox River, traversa la Folle-Avoine et descendit bravement le Wisconsin. Il « m'a asseuré », dit le P. Vimont, « que s'il eut vogué trois iours » plus auant sur vn grand fleuve qui sort de ce lac (Michigan), » qu'il aurait trouué la mer (3) ».

D'après MM. Parkman (4) et Gilmary Shea (5), Nicolet, induit en erreur par ses guides, aurait pris le Mississipi pour la mer. Les Indiens donnaient à ce fleuve le nom de *Grandes Eaux*, nom que Nicolet aura traduit par *Mer*. C'est de toutes les hypothèses celle qui nous paraît la plus admissible.

Nicolet a remis au P. Quentin quelques mémoires sur les Nipissings. Il est bien regrettable que ces mémoires n'aient

---

(1) Vimont, *Relation de 1640*, pp. 3, 4.

(2) M. Francis Parkman, *The discovery of the Great West;* Boston, 1869, p. xx.

(3) « Or i'ay de fortes coniectures que c'est la mer qui respond au nord de la nouuelle Mexique, et que de cette mer, on auroit entrée vers le Iapon et vers la Chine ; neantmoins comme on ne sçait pas où tire ce grand lac, ou cette mer douce, ce seroit vne entreprise genereuse d'aller descouurir ces contrées ». (Vimont, *Relation de 1640*, p. 36),

(4) *The discovery of the Great West*, p. xx.

(5) Gilmary Shea, *Op. cit.*, p. xxi.

pas été publiés, comme ce moine en donnait l'espoir (1), parce qu'on y trouverait de précieux renseignements sur les premiers voyages des Français au Mississipi.

Le 27 octobre 1642, cinq ans, presque jour pour jour, après son mariage avec la filleule de Samuel Champlain, Nicolet s'embarqua pour aller délivrer un Abenaki que les Algonquins emmenaient prisonnier. Il montait la chaloupe d'un sieur de Savigny. Un peu en aval de Sillery cette chaloupe coula dans une tempête. Nicolet mourut en recommandant à Savigny sa femme et sa fille.

« Les sauuages de Sillery, au bruit du naufrage de
» M. Nicollet, courent sur le lieu, et ne le voyant plus pa-
» roistre en tesmoignerent des regrets indicibles. Ce n'estoit
» pas la premiere fois que cet homme s'estoit exposé au
» danger de la mort pour le bien et le salut des sauuages, il
» l'a faict fort souuent (2) ».

Il avait un noble cœur, ce vieux normand qui savait mourir si simplement pour un pauvre sauvage.

Une chose bien étrange, c'est que le nom de Jean Nicolet ne se trouve dans aucune biographie.

Mais s'il est oublié dans sa patrie, il ne l'est pas au lieu de ses exploits. Par lettre datée du 18 novembre 1875, M. Benjamin Sulte, de Trois-Rivières (Canada), me disait : « Le
» souvenir de Jean Nicolet se conserve aux Trois-Rivières
» par son nom donné à une rivière, à des chutes, à un lac, à
un village, à une ville et à un comté. » Le spirituel écrivain a d'ailleurs publié sur Nicolet d'excellentes pages dans l'*Opi-*

---

(1) PAUL LE JEUNE, *Relation de 1636*, p. 58. La plus grande partie de ces mémoires a peut-être été versée dans les *Relations* de Le Jeune et de Vimont (années 1636 et suivantes), qui contiennent beaucoup de renseignements sur les Nipissings.

(2) VIMONT, *Relation de 1643*, p. 4.

nion Publique, d'Ottawa (1), et dans son curieux volume de *Mélanges d'histoire et de littérature* (2).

VI. — LES JÉSUITES (1640-1672).

On a soutenu, dit M. Parkman, qu'en 1654 un virginien, le colonel Wood, vit une branche du Mississipi, et que, vers 1670, le capitaine Bolton a pénétré jusqu'au fleuve même. Ces découvertes ne sont pas improbables, ajoute l'éminent écrivain, mais elles ne sont appuyées d'aucune preuve certaine. Réelles ou non, elles furent sans résultat.

Il n'en est pas de même de celles de Jean Nicolet dont les récits ont stimulé l'audace des Coureurs de bois, des Récollets et des Jésuites. Ces derniers, « les plus grands pionniers du nord et de l'ouest », devinrent dès lors, suivant l'expression de M. 'O' Callaghan, cité par M. Gilmary Shea, « les principaux découvreurs du continent américain (3) ». L'amour du gain, de la gloire, du prosélytisme fit alors des prodiges.

En 1640, Isaac Jogues et Charles Garnier, jésuites, touchaient à la rive orientale du lac Huron. Ils cherchaient, dans la nation du Pétun, des âmes pour le paradis chrétien. Les chemins étaient si mauvais qu'ils ne purent avoir d'autres guides que leurs « bons anges ». Arrivés à destination, après les plus rudes fatigues, ils furent impitoyablement repoussés de cabane en cabane et de village en village. Dans leurs meilleurs jours ils avaient à peine de quoi vivre. « Notre faim », disent-ils, « nous accompagne depuis le matin jusqu'au soir ». Les Jésuites avaient cependant à cette époque,

---

(1) N° du 23 octobre 1873 et n°ˢ suivants.

(2) Ottawa, Joseph Bureau, 1876.

(3) « Jesuits missionaries, the great pioneers of the north and west... They now became the first discoverers of the great continent. (GILMARY SHEA, *Op. cit.*, p. XIX).

au sud-ouest de la Matchedah Bay, la mission de Sainte-Marie, qui n'occupait pas moins de treize pères (1).

A la fin de 1641, Jogues et Raymbant s'embarquent sur le lac Huron pour Sainte-Marie-du-Sault. En cet endroit, à ce qu'ils disent, deux mille personnes écoutent avec plaisir leurs prédications. Ils apprennent des nouvelles de plusieurs tribus occidentales, notamment des Sioux, des Cristinaux et des Poutouatamis (2).

Comme l'un des Pères le disait dans la Relation de 1658 : « On leur ferme la porte d'un costé, ils entrent par une autre ». La faim, les fatigues, les persécutions, les supplices ne font qu'aiguillonner leur zèle. Le danger les fascine et les attire irrésistiblement. Ils voient au terme de leurs fatigues et du martyre la couronne des élus.

La connaissance des nations du lac Supérieur était l'œuvre de deux coureurs de bois, qui avaient même recueilli, sur une grande rivière occidentale, de précieux renseignements. L'auteur de la Relation apprit aussi de plusieurs sauvages l'existence, au nord et à l'ouest, de quatorze grandes nations. Dans une carte jointe à son récit, il indiqua trois routes pour se rendre de Tadoussac aux pays récemment entrevus.

En 1641, les Iroquois reprirent les armes contre nous et traitèrent, avec une horrible cruauté, nos compatriotes et nos alliés. Ils étaient artistes dans l'art de torturer, et les chairs d'un ennemi leur semblaient délicieuses. Le P. Vimont raconte qu'ils mettaient tout vifs à la broche les petits enfants des Hurons (3). Il faut dire que les Hurons, tant vantés par les PP. Jésuites, savaient aussi très-bien torturer et manger les

---

(1) VIMONT, *Relation de 1640*, pp. 62, 63, 95-100. — Voir le remarquable ouvrage de M. Francis PARKMAN, *The Jesuits in north America in the seventeenth century* ; Boston, 1870, pp. 139-143.

(2) VIMONT, *Relation de 1640*, p. 97.

(3) VIMONT, *Relation de 1642*, p. 46.

Iroquois (1). Il faut dire aussi que ces Pères, dans un but facile à comprendre, exagérèrent beaucoup la cruauté des Iroquois, et furent les vraies causes des martyres qu'ils subirent chez eux.

Les Iroquois firent d'Isaac Jogues l'une de leurs victimes. Ils lui mangèrent les mains, lui infligèrent toutes les tortures qu'il pouvait supporter sans mourir, tuèrent sous ses yeux l'un de ses compagnons, le tinrent, pendant toute une année, toujours en attente d'un coup de hache. Le Père finit par s'habituer à vivre ainsi, sans compter sur le lendemain, ce qui ne l'a jamais empêché de prêcher l'Evangile et d'aller, jusque sur le bûcher, répandre les eaux du baptême sur le front des Hurons qui tombaient au pouvoir de ses bourreaux.

Enfin, sauvé par des Hollandais, il fut ramené en France. Au lieu du repos qu'il méritait si bien, il s'empressa de solliciter son retour dans la Nouvelle-France. Le pape lui accorda, par faveur spéciale, le droit de célébrer la messe avec ses tronçons de mains (2).

En 1650, le Haut Canada n'était plus qu'un désert. A l'endroit où de nombreux villages se réunissaient au pied de la croix des missions, les os des PP. Jésuites, mêlés à ceux des Hurons, blanchissaient au soleil.

Les Jésuites durent renoncer, pour un temps, à tout espoir de s'étendre à l'ouest. Mais, au premier rayon de paix, ils se remirent en campagne « la teste preste à recevoir le coup de » hache plus souvent que tous les jours (3). »

Léonard Garreau partit, en 1656, pour le lac Supérieur.

---

(1) SAGARD, *Le grand voyage du pays des Hurons, situé en l'Amérique vers la Mer douce, ès derniers confins de la nouuelle France, dite Canada ;* à Paris, chez Denys Moreau, ruë S. Iacques, à la Salamandre d'Argent, M. DC. XXXII, pp. 149, 216-218 ; Paris, Tross, 1865, pp. 103, 150-152.

(2) M. F. PARKMAN, *Jésuits in north America,* pp. 211-402.

(3) *Relation de 1659 et 1660,* p. 80.

Tué avant d'avoir quitté les eaux du St-Laurent (1), il fut remplacé par le P. de Groseilles et un autre Français. Ceux-ci, plus heureux, hivernèrent en 1658 sur les bords du lac, visitèrent les Sioux et apprirent de Hurons fugitifs l'existence d'une belle rivière large et profonde qui pouvait être mise en comparaison avec le St-Laurent.

Les missionnaires du Saguenay entendirent parler des Winnepegonck ou Winnebagoes et de leur baie qui, disait-on, donnait accès aux mers du Nord, du Sud et de l'Ouest (2).

Ménard, un vétéran des missions huronnes, s'avança, en 1660, jusqu'au lac Supérieur et fonda la mission des Otawas. Au moment de son départ, il écrivait à l'un de ses amis : « Dans trois ou quatre mois, vous pourrez me mettre au » Memento des morts, veu le genre de vie de ces peuples, » mon aage, et ma petite complexion (3). »

Le bon père se trompait de cinq ou six mois.

Il avait ouï parler du mystérieux fleuve de l'ouest et des nations stationnées sur ses rives. Il se proposait de visiter les nations, beaucoup pour les évangéliser, un peu pour voir le fleuve qui causait à son Ordre tant de préoccupations. Au moment de partir, il apprit qu'une tribu huronne, que les Iroquois avaient « fait fuir au bout du monde », était dans la plus affreuse misère, à cent lieues de sa mission. Malgré la longueur et l'excessive difficulté de la route, malgré le vif désir de voir le Mississipi, malgré les plus sinistres pressentiments, ce vaillant homme n'eut pas un moment d'hésitation.

Il partit le 13 juin 1661 ; aux environs du 15 août, il se perdit dans un portage. Est-il mort de faim ? A-t-il été assassiné par un sauvage ? On a trouvé chez des Indiens quelques

------

(1) *Relation de 1650 et 1660*, p. 29.

(2) *Relation de 1661*, p. 12.

(3) *Relation de 1660*, p. 30.

effets qui lui avaient appartenu, mais on n'a jamais pu pénétrer le mystère de ses derniers moments (1).

Tant de persévérance, de dévoûment, de douloureux sacrifices eurent un résultat. En 1670, les Jésuites étaient fortement établis à Sainte-Marie-du-Sault, au pied des rapides qui versent au lac Huron le trop-plein du lac Supérieur.

Deux ans plus tard, d'après le P. Dablon, tous les sauvages des environs étaient très-bons chrétiens. L'enclos de l'église recevait, en temps de guerre, les femmes, les filles et les enfants. Un vieux chef, nommé Iskouakité, disait un jour : « Les Robes-Noires sont véritablement nos pères, ce sont eux « qui nous gardent et qui donnent la vie au Sault, en reti- « rant nos femmes et nos enfants chez eux, et en priant pour « nous *Jésus*, le dieu de la guerre... Que nous sommes heu- « reux d'être logés près de l'église ! Jeunesse, femmes, « enfants, que personne ne soit paresseux à se trouver à la « Prière. »

Sur ce point, comme sur bien d'autres, l'accord n'est pas parfait.

L'abbé de Galinée, qui visita Sainte-Marie-du-Sault en 1670, dit que, dans cette mission, quelques sauvages étaient baptisés, mais qu'il n'y en avait pas un qui fût assez bon chrétien pour être admis au sacrifice de la messe. Beaucoup de Hurons campés à la pointe du Saint-Esprit étaient chrétiens depuis longtemps déjà; le missionnaire, dit encore Galinée, « n'avait « pourtant jamais osé dire devant eux la sainte messe, sachant « qu'ils regardaient cette action comme une jonglerie de sor- « cier (2). »

Christian Le Clercq, dans la deuxième partie du *Premier établissement de la foy dans la Nouvelle-France*, prétend que les conversions annoncées par les Jésuites sont imagi-

---

(1) *Relation de 1662, 1663*, pp. 20-22.

(2) *Voyage de MM. Dollier et de Galinée;* Ms. de la Bibliothèque nationale, suppl. Français, n° 2490, 3.

naires. Le baron de La Hontan est encore plus affirmatif. Les ecclésiastiques, dit-il, « font plus de mal que de bien. » (1) Il dit ailleurs : « Tout ce que ces bons Pères en peuvent tirer « se réduit à quelques acquiescements Sauvages, contraires «-à ce qu'ils pensent; par exemple, quand ils leur prêchent « l'Incarnation de Jésus-Christ, ils répondent que *cela est* « *admirable;* lorsqu'ils leur demandent s'ils veulent se faire « Chrétiens, ils répondent que *c'est de valeur*, c'est-à-dire « qu'ils penseront à cela. Et si nous autres Européens les « exhortons d'accourir en foule à l'Église pour y entendre la « parole de Dieu, ils disent que *cela est raisonnable,* c'est-à- « dire qu'ils y viendront; mais au bout du compte, ce n'est « que pour attraper quelque pipe de tabac qu'ils s'approchent « de ce lieu saint (2). »

Le comte de Frontenac, gouverneur général de la Nouvelle-France, disait à Colbert, dans une lettre du 2 novembre 1672 : « Pour vous parler franchement, ces missionnaires songent « autant à la conversion du castor qu'à celle des âmes, car « la plupart de leurs missions sont de pures moqueries, et je « ne crois pas qu'on leur dût permettre de les étendre plus « loin, jusqu'à ce qu'on vît en quelque lieu une église mieux « fondée (3). »

Dans le même temps, un Indien disait à Québec, en plein conseil : « Tant que nous avons eu du castor, nous avons eu « des Jésuites, et nous avons pratiqué la religion chrétienne; « avec le castor disparurent les missionnaires, et·nous avons « repris nos manitous (4). »

Que les Jésuites aient exagéré, dans les Relations, leurs

---

(1) *Nouveaux voyages de M. le baron de Lahontan dans l'Amérique septentrionale ;* La Haye, 1703, lettre xvi, du 28 mai 1689.

(2) Lahontan, *op. cit.*, t. II, p. 116.

(3) Archives du Ministère de la marine.

(4) *Mémoire de M. de la Salle.* Ms. cité par M. Parkman.

succès religieux, on n'en saurait douter ; qu'ils aient imaginé des miracles, c'est absolument certain (1) ; qu'ils aient fait, contre tout droit, le trafic du castor et de l'eau-de-vie, c'est incontestable. Mais la prospérité matérielle, sinon morale, de la mission de Sainte-Marie-du-Sault est certaine puisqu'elle enfanta celle de la Pointe du Saint-Esprit, au sud-ouest du lac Supérieur, et celle de Saint-François-Xavier, sur la rivière du même nom, au sud-ouest de la baie Verte (2). Franchement, il serait puéril de donner pour mobile à leur conduite le trafic du castor et de l'eau-de-vie. Ils visaient plus haut. Leur but était de fonder dans l'Amérique du Nord un empire chrétien, modelé sur celui que les Jésuites espagnols avaient au Paraguay.

Saint-François-Xavier, dit le P. Estienne Dechamps, se trouvait à quelques journées d'une rivière large d'une lieue et plus, qui coule du nord au sud. Des sauvages l'ont descendue fort longtemps, en quête d'ennemis à combattre, et n'en ont pu trouver l'embouchure, « qui ne peut estre que « vers la Mer de la Floride, ou celle de Califournie ».

C'est la première fois, pensons-nous, que les Relations des Jésuites mentionnent avec précision le fleuve Mississipi. Des paroles d'espoir suivent cette mention. Il y a sur ce fleuve, dit encore le P. Dechamps, une grande nation dont on pourra peut-être faire la conversion (3).

La mission de la Pointe du Saint-Esprit, comme celle de Saint-François-Xavier, était un avant-poste qui rayonnait dans l'ouest, vers le Mississipi.

---

(1) Par contre, ils nient et se moquent de ceux des Sulpiciens. (M. Parkman, *The old régime in Canada* ; Boston, Little, Brown and C°, 1874, pp. 44, 45, 56.)

(2) Dablon, *Relation des années 1672 et 1673* ; Paris, Douniol 1861, t. I, pp. 71-78.

(3) Dechamps, *Relation de 1670*, p. 80.

Le 13 septembre 1669, Jacques Marquette y remplace Claude Allouez. Tout en s'occupant de la conversion des peuplades voisines et des quatre à cinq cents Hurons confiés à ses soins (1), Marquette porte incessamment sa pensée vers le fleuve mystérieux. Il a reçu l'ordre d'aller aux Illinois, dont il apprend la langue par le moyen d'un jeune homme qu'on lui a donné, et n'attend pas sans impatience son remplaçant. Il questionne les Illinois qui viennent à la Pointe, et apprend qu'ils traversent une rivière, de quasi une lieue de large, qui se dirige du nord au sud. « Il est difficile, » dit le Père, « que
« cette grande Rivière se décharge dans la Virginie ; et nous
« croyons plûtost qu'elle a son embouchure dans la Califur-
« nie. Si les Sauvages qui me promettent de faire un canot,
« ne me manquent point de parole, nous irons dans cette
« Rivière tant que nous pourrons, avec un François, et ce
« jeune homme qu'on m'a donné, qui sçait quelques-unes de
« ces langues, et qui a une facilité pour apprendre les autres ;
« nous visiterons les Nations qui les habitent, afin d'ouvrir
« le passage à tant de nos Pères, qui attendent ce bonheur
« il y a si longtemps. Cette découverte nous donnera une
« entière connoissance de la Mer ou du Sud, ou de l'Ouest (2). »
Tel était le secret motif que Jacques Marquette avait de passer aux Illinois ; s'il est blâmé, ce ne sera pas par les géographes.

Claude Allouez était alors à la mission de Saint-François-Xavier.

Il avait quitté le Sault le 3 novembre 1669. Il prétend que des Poutouatamis le voulaient emmener dans leur pays, non pour être instruits, « n'ayans aucune disposition à la Foy, » mais pour adoucir quelques jeunes François, qui étans

---

(1) *Lettre du P. Marquette*, dans la *Relation de 1670*, p. 87.

(2) *Lettre du P. Marquette*, dans la *Relation de 1670*, pp. 89-91.

» parmy eux pour le negoce, les menaçoient et maltrai-
» toient (1) ».

Claude Dablon dit aussi que la mission de la baie verte
était en mauvais point parce que des Français, et particulièrement des soldats, venus pour faire la traite, pillaient et
maltraitaient les indigènes. Cette conduite, selon le Père,
aurait déterminé les sauvages à former une compagnie de
gens d'armes, pour rendre aux habitations françaises le mal
que leur faisaient les trafiquants (2).

Les Jésuites n'aimaient ni les soldats, ni les coureurs de
bois, ni aucun de ceux qui fréquentaient leurs missions ou
qui marchaient devant eux. Ils voulaient avoir le monopole
des découvertes, de la prédication évangélique, des fatigues,
des martyres, et, probablement aussi, des bénéfices politiques
et matériels. C'était une noble ambition, mais elle les rendait
trop sévères, injustes et ingrats.

On n'envoyait pas, comme le dit M. Onésime Reclus, mille
scélérats pour un honnête homme (3); il faut cependant
reconnaître que les soldats et les coureurs de bois n'étaient
pas la vertu même et qu'ils servaient mal les intérêts religieux. Cela ne veut pas dire qu'ils avaient le pouvoir et la
volonté de piller et de maltraiter les Sauvages. Ils courtisaient
les sauvagesses, se faisaient aimer d'elles, et pirataient sans
scrupule sur les terres conjugales ; mais les Jésuites absol-
vaient, avec trop de facilité, les grandes dames françaises de
leurs péchés mignons, pour parler avec autorité des amours
illégitimes des sauvagesses. Il convient d'ailleurs de remarquer que, chez la plupart des nations indiennes du nord, les

____

(1) *Lettre du P. Allouez*, dans la *Relation de 1670*, p. 92.

(2) DABLON, *Relation de 1671*, p. 42.

(3) M. ONÉSIME RECLUS, *La terre à vol d'oiseau* ; Paris, Hache**e,
1877, t. II, p. 179.

liens du mariage étaient d'une extrême ténuité, la fidélité conjugale inconnue, la virginité incomprise. Les amours des sauvages avaient l'inconstance de celles des oiseaux (1). Les galanteries de nos aventureux compatriotes avec les filles du Grand-Esprit étaient plutôt un bien qu'un mal. Elles ont d'ailleurs souvent fini par des mariages.

Plusieurs coureurs de bois, devenus chefs de tribus, ont laissé des souvenirs qui font encore honneur à la France.

Les PP. Jésuites n'ont pas toujours servi aussi bien qu'eux les intérêts du pays et de la civilisation. L'histoire reproche à ces Pères d'avoir empêché les mariages entre Français et Sauvages, d'avoir fermé l'Amérique aux familles protestantes que l'intolérance expulsait du sol natal, d'avoir imposé la politique qui fut couronnée par la perte de la colonie.

En allant à la mission de Saint-François-Xavier, Allouez

---

(1). Sagard, *Le Grand Voyage du pays des Hurons ;* pp. 164, 165 de l'éd. de 1632, pp. 114, 115 de l'éd. de 1865. — *Histoire du Canada et voyages que les Freres Mineurs et Recollects y ont faicts pour la conuersion des infidelles ;* Paris, Claude Sonnius, 1826, II⁰ part., pp. 314-316 ; Paris, Tross, 1866, t. II, pp. 295, 296. — Hennepin, *Les mœurs des Sauvages,* pp. 30-39, à la suite de la *Description de la Louisiane,* éd. de la Vᵉ Sébastien Huré, Paris 1683. — *Nouveau voyage d'un Pais plus grand que l'Europe ;* Autrecht, Antoine Schouter, 1698, pp. 159-169.—Jacques Cartier, *Brief recit et succincte narration,* Paris 1545 et 1863, fol. 30 et 31. De l'édition de 1545 on ne connaît que deux exemplaires : celui du British Museum sur lequel M. d'Avezac a fait l'édition de 1863 ; celui de la Bibliothèque de Rouen que j'ai eu la bonne fortune de présenter à la Société de Géographie. (Bulletin de la Société de Géographie, cahier de mars 1877, pp. 323 et seq.). — Nicolas Perrot, *Mémoire sur les mœurs, coustumes et relligion des Sauvages de l'Amérique septentrionale,* publié par le P. Tailhan ; Paris, 1864, pp. 22, 23, 178, 179.

rencontra deux Français près de l'île de Michillimakinac (1),
berceau du Grand-Lièvre, créateur de la terre habitable, de
l'homme et du filet de pêche.

En arrivant à destination, Allouez trouva huit Français qui,
le lendemain, célébrèrent avec lui la fête de saint François-
Xavier (2). Deux autres Français avaient parcouru ces contrées et donné de leur patrie une idée que le Père dit avoir
eu beaucoup de mal à déraciner (3).

Ces insinuations contre les laïques prouvent que, dès 1669,
les Canadiens trafiquaient sur la côte occidentale du lac des
Illinois.

Dans ses tournées aux environs de la baie Verte (Green
Bay), Allouez passa chez les Oumamis. « Ces peuples », dit-
il, « sont establis en un tres-beau lieu, où l'on voit de belles
» Plaines et Campagnes à perte de veuë; leur Riviere con-
» duit dans la grande Riviere, nommée Messi-Sipi; il n'y a
» que six jours de navigation (4) ».

C'est la première fois que l'on trouve dans les *Relations* le
nom du Mississipi.

En 1671, Allouez parcourait ces pays avec Dablon. Après
avoir fait oublier les prétendues vexations des laïques, les
deux Pères réunirent les nations de la baie Verte. Pour leur
faire honneur, les hommes d'armes de cette compagnie for-
mée contre nous imitaient, comme ils pouvaient, ce qu'ils
avaient vu faire aux soldats français. A l'heure fixée pour
l'assemblée, deux de ces guerriers vinrent appeler les Pères

---

(1) *Grand Manitoulin Island*, dans le lac Huron. M. l'abbé
Tailhan, p. 160, dit Makinac (Mackinaw Island), petite île à l'entrée
du détroit de Mackinaw. C'est conforme à la Relation de 1670,
mais, je crois, en désaccord avec la vérité.

(2) ALLOUEZ, *op. cit.*, p. 94.

(3) ALLOUEZ, *op. cit.*, p. 98.

(4) ALLOUEZ, *op. cit.*, p. 100.

jésuites. Ils portaient le fusil sur l'épaule, et une hache, passée
à la ceinture, leur tenait lieu d'épée. Pendant toute la durée
de l'assemblée, ils restèrent comme en faction devant la porte
de la cabane, « tenant meilleure mine qu'ils pouvoient, se
» promenant (ce que ne font jamais les sauvages) les fusils
» sur une espaule et puis sur l'autre, avec des postures tout
» à fait surprenantes, et d'autant plus ridicules, que plus ils
» tâchoient de le faire sérieusement. Nous avions peine à
» nous empescher de rire », ajoute le P. Dablon (1).

Ce devait être en effet bien risible de voir deux hommes
vêtus d'une ceinture, le fusil sur l'épaule, se promener gra-
vement, à pas comptés, de l'air ennuyé des factionnaires
français. Mais Dablon et son confrère n'étaient pas moins
étranges, ce semble, quelques jours après, chez les Maskoutens ou Nation du Feu, quand l'un prêchait sur le paradis
et l'enfer, tandis que l'autre montrait une mauvaise image du
« Jugement général (2) ». Voit-on d'ici la figure des deux
bons Pères au milieu d'hommes et de femmes qui n'étaient
vêtus que d'innocence !

En se rendant chez les Maskoutens, ils ont trouvé sur la
rivière aux Renards (Fox River), près du rapide de Kakalin,
une statue de pierre qu'ils prirent pour une idole. Ils l'ont
précipitée dans la rivière (3). Dollier de Casson et Galinée,
sulpiciens, ont aussi jeté à l'eau, en 1670, une statue qu'ils
trouvèrent sur le lac Saint-Clair, au lieu où s'élève maintenant
Détroit (4). Squier qualifie durement cette conduite (5). Je

---

(1) DABLON, *Relation de 1671*, p. 43.

(2) DABLON, *op. cit.*, p. 46.

(3) DABLON, *op. cit.*, p. 44.

(4) Galinée dit dans la carte de son voyage : « Ici était une
pierre, idole des Iroquois, que nous avons mise en pièces et jetée
à l'eau ». (Voir la reproduction du P. Faillon, *op. cit.*, t. III,
p. 304.) Cette reproduction est très-incomplète.

(5) M. PARKMAN, *The discovery of the Great West*, pp. 16, 17. —
M. GILMARY SHEA, *op. cit.*, p. XXV, note.

partage son indignation. Ces actes de vandalisme, quel que soit le sentiment qui les dicte, ont pour but et pour résultat d'étouffer le souvenir du passé. En détruisant, autant qu'ils l'ont pu, les monuments de l'art et de la littérature des Gaulois, des Grecs et des Romains, les premiers chrétiens ont précipité l'occident des hauteurs de la civilisation dans les ténèbres du moyen-âge. Ceux qui s'intéressent à l'histoire regretteront toujours les monuments de toutes sortes détruits en Amérique par ferveur religieuse.

Tout en prêchant et montrant leur image, Dablon et Mouez recuejllaient sur le fleuve mystérieux des renseignements de plus en plus certains. « C'est vers le Midy », note le P. Dablon, « que coule la grande Rivière, qu'ils appellent Mississipi, « laquelle ne peut avoir sa décharge que vers la mer de la Flo- « ride, à plus de quatre cens lieuës d'icy, dont il sera parlé « plus amplement cy-aprés (1). » Plus loin il dit, en effet, que les Illinois occupent une belle contrée vers la grande rivière du Mississipi; que cette rivière descend du nord et coule au midi, soit à la mer Vermeille, soit à celle de la Floride. « Quelques « Sauvages nous ont assuré, » continue-t-il, « que cette « rivière est si belle, qu'à plus de trois cens lieuës de son « embouchure elle est plus considérable que celle qui coule « devant Québec, puisqu'ils la font d'une lieuë de large (2). »

Ainsi, en 1670 et 1671, les Jésuites n'étaient plus séparés du Mississipi que par quelques journées de marche. En 1673, ils atteindront le but, mais l'un de leurs anciens élèves, Cavelier de la Salle, les aura devancés.

VII. — CAVELIER DE LA SALLE (1666-1672).

En l'année 1643, vers le 20 novembre, Robert Cavelier, sieur de la Salle, naissait à Rouen, sur l'ancienne paroisse

---

(1) DABLON, *op. cit.*, p. 24.

(2) DABLON, *op. cit.*, p. 47.

Saint-Herbland, probablement dans la rue de la Grosse-Horloge, c'est-à-dire à deux pas de la petite maison de la rue de la Pie où Pierre Corneille écrivait ses chefs-d'œuvre.

Corneille et Cavelier de la Salle doivent être placés dans le panthéon français, parmi les plus grands hommes de leur siècle.

Corneille, qui porta si haut, dans ses œuvres et dans sa conduite, le sentiment du devoir et l'amour de la patrie, a pu voir, dans Cavelier de la Salle, la personnification la plus parfaite des héros enfantés par son génie. La Salle dut savoir par cœur une partie des poëmes de son immortel concitoyen ; c'est en évoquant chaque jour ses souvenirs d'école, qu'il devint l'une des étoiles de la Nouvelle-France et l'honneur de sa ville natale.

Cet esprit net et ferme, d'une vertu cornélienne, a dépassé de la tête et des épaules tous les explorateurs de son temps (1). Je l'ai déjà dit, et il me faut le répéter : non-seulement il a découvert et donné à la France quinze cents lieues de pays dans les plus riches contrées américaines, mais il a lutté pendant vingt ans contre deux coteries puissantes et sans scrupule ; soutenu par sa famille, qui lui a prêté cinq à six cent mille francs (2), il n'a cessé de poursuivre son but et d'espérer que lorsqu'il tomba sous la balle d'un assassin.

Ses ennemis ont tout fait pour étouffer sa mémoire et lui dérober l'honneur de ses travaux. Ils ont si bien réussi que

---

(1) « C'était un enfant de Rouen, en qui avait passé l'âme des » grands découvreurs de Dieppe, des vieux Normands, précurseurs » de Colomb et de Gama. Génie fort et complet, de talent et de » ruse, de patience et d'intrépidité ». (MICHELET, *La Régence*, Paris, Chamerot, 1864, p. 187.)

(2) *Au Roy*, placet de 7 p. in-folio présenté par les héritiers de la Salle. s. l. n. d. (Communication de M. Mario de la Quesnerie).

rien dans sa ville natale ne rappelle encore son glorieux souvenir.

Il est entré dans la carrière à l'âge de 23 ans.

M. de Queylus, supérieur du séminaire de Villemarie, lui donna, dans l'île de Montréal, en face du saut Saint-Louis, à l'avant-garde de la colonie, un fief noble de vaste étendue. La redevance en était d'une médaille d'argent fin, du poids d'un marc, à chaque changement de propriétaire. La Salle fit à son tour des concessions et commença la construction d'un village palissadé qu'il nomma *Saint-Sulpice* (1). Ce point étant constamment exposé aux incursions armées des Iroquois, les travaux des champs et même du village ne pouvaient être exécutés que le fusil toujours à portée de la main.

Dans le même temps il apprenait l'Iroquois et sept ou huit dialectes (2), il étudiait les relations des explorateurs, faisait de fréquents voyages chez les Indiens et arrêtait dans son esprit le projet de nouvelles découvertes.

Il n'était d'ailleurs pas homme à supporter la vie sédentaire du pionnier ou du trafiquant. Il fallait à son orgueilleuse et puissante nature une existence active et les émotions de la gloire. Sobre, chaste, pieux, fils respectueux (3), sans aucun des défauts qui sont le partage des hommes vulgaires, il ne souhaitait la fortune et n'en avait besoin que pour mener à bien des entreprises qui devaient honorer son nom et sa patrie.

---

(1) *Greffe de Villemarie, 16 déc. 1868, concession de la Salle à Barthélemy Vinet.* — FAILLON, *Histoire de la Colonie Française au Canada;* Paris, Lecoffre, 1865, t. III, p. 229.

(2) *Au Roy,* placet du cabinet de M. Mario de la Quesnerie.

(3) J'ai eu dans les mains l'original d'une lettre qu'il écrivit à sa mère, de la Rochelle, le 18 juillet 1684, au moment de son départ pour le golfe du Mexique. Cette lettre est certainement l'œuvre d'un bon fils. Elle m'a été communiquée par M. Mario de la Quesnerie.

Des Iroquois-Tsonnontouans, qu'il reçut en 1668-69, lui apprirent qu'un grand fleuve, qui naissait dans leur pays, coulait droit à la mer, et qu'on pouvait, en huit ou neuf mois, se rendre à son embouchure. Evidemment, dit M. Francis Parkman, ils confondaient le Mississipi avec l'Ohio, son affluent. Ohio et Mississipi ont d'ailleurs une signification analogue : *Ohio* veut dire, en Iroquois, *belle rivière ; Mississipi* signifie, en ottawa, *grande rivière.* Aussi, Dollier de Casson fait-il remarquer que les Iroquois appelaient *Ohio* la rivière que les Ottawas nommaient *Mississipi* (1).

Les renseignements recueillis sur la *Belle-Rivière* et les secours que promettaient les hôtes de Saint-Sulpice déterminèrent le premier voyage d'exploration de Cavelier de la Salle. Ce vaillant homme crut à la possibilité de réunir l'Atlantique au Pacifique, de découvrir le passage à la Chine qui fut le rêve de Cartier, de Champlain, de Gabriel Sagard, de Roberval et de beaucoup de marins non moins illustres par leur savoir et leur audace que par leur dévoûment et leurs infortunes.

La Salle communiqua son enthousiasme au gouverneur général de Courcelles et à l'intendant Talon. Courcelles ne put contribuer aux frais de l'entreprise, mais ses lettres-patentes portaient : autorisation à Cavelier de la Salle d'explorer les bois, rivières et lacs de tout le Canada ; prière aux gouverneurs de la Virginie et de la Floride de le laisser circuler librement et même de lui prêter secours ; permission aux soldats de quitter leurs compagnies pour se joindre à lui (2).

------

(1) *Voyage de M. de Courcelles au lac Ontario, par Dollier ;* Bibliothèque nat., suppl. Français, n° 1265. — FAILLON, *op. cit.,* t. III, pp. 286, 313, 314. — M. FRANCIS PARKMAN, *The discovery of the Great West,* p. 8.

(2) *Voyage de MM. Dollier et de Galinée ;* Bibl. nat., supplém. Français, n° 2490, 3. — *Lettre de M. Patoulet,* du 11 nov. 1669 ; Min. de la Mar. — FAILLON, *op. cit.,* t. III, pp. 289, 297.

Le jeune Rouennais avait engagé dans son domaine tout ce qu'il possédait. Il recourut au Séminaire de Villemarie. Le Séminaire, pour favoriser sa tentative, lui racheta la plus grande partie de sa concession, le 9 janvier 1669, pour une somme de mille livres payable en marchandises (1). Par cet arrangement, La Salle conservait la propriété de 420 arpents de terre qui composaient son domaine privé ; il gardait en outre la jouissance du lac Saint-Pierre et de 50 arpents de prairie. Par acte du 11 janvier 1669, le domaine fut érigé en fief noble.

Même après avoir échoué dans son entreprise, La Salle pouvait encore faire bonne figure dans la colonie, espérer la fortune et prétendre aux honneurs. Mais l'*aurea mediocritas*, qui suffisait au bonheur du poëte, n'avait aucun charme pour cet esprit aventureux, tout à la pensée d'agrandir la carte du monde et d'ouvrir à notre commerce une voie nouvelle vers les contrées mystérieuses de l'extrême Orient.

Ce qu'il devait recevoir du Séminaire ne suffisant pas aux besoins de son entreprise, il vendit, le 9 février 1669, à Jean Milot, taillandier, pour une somme de 2,800 livres, la seigneurie de Saint-Sulpice et les droits de fief noble dont il venait d'être investi.

Avec cet argent il se procura des canots, des armes, des vivres, des rameurs et un chirurgien (2). Ces ressources étant épuisées, il jugea que de nouvelles sommes lui étaient indispensables. Il vendit alors, le 6 juillet 1669, jour même de son départ, à Jacques le Ber et à Charles Lemoyne, pour 600 livres tournois, une terre et des bâtiments situés au-

------

(1) *Greffe de Villemarie, 9 janvier 1669. Transport de la seigneurie de Saint-Sulpice.* — **Faillon,** *op. cit.,* t. III, p. 288.

(2) *Greffe de Villemarie, 1er juillet 1669.* — **Faillon,** *op. cit.,* t. III, p. 290.

dessus du saut Saint-Louis (1). Il ne lui restait plus rien à sacrifier.

M. l'abbé Faillon juge un peu sévèrement ces deux dernières ventes. Je me permets de ne pas partager l'avis du savant Sulpicien.

Quand je vois Cavelier de La Salle mettre tout son avoir dans une entreprise de nature très-incertaine, mais dont la réussite devait grandement servir la gloire et les intérêts politiques et commerciaux du pays, tant de désintéressement et d'audace me semblent élever à la hauteur d'un héros de Plutarque ce jeune homme de vingt-six ans.

Dans le même temps, les Sulpiciens voyaient avec dépit l'influence prépondérante des Jésuites. L'année précédente, 1668, l'abbé de Fénelon et l'abbé Trouvé avaient fondé la mission de Quinté, chez les Oïogouens, au nord du lac Ontàrio. Deux autres prêtres avaient fait des excursions dans les bois et recueilli des renseignements sur les régions de l'Ouest. A Québec, un jeune sauvage assurait que les rives du Mississipi offraient à la prédication évangélique un champ vaste et inexploré. Dollier vint alors solliciter l'autorisation de planter, dans ces contrées inconnues, les armes royales et la croix des missions.

L'expédition fut autorisée, mais à la condition, assez étrange, qu'elle se réunirait à celle de Cavelier de la Salle.

Elle partit de Saint-Sulpice, le 6 juillet 1669. Elle se composait de Cavelier de la Salle, Dollier de Casson, Bréhant de Galinée, vingt-deux Français et sept bateaux d'Iroquois Tsonnontouans.

Le 2 août elle entra dans le lac Ontario. La désertion des guides Iroquois ne lui permettant pas d'aller à Quinté, elle fit voile au Sud, vers un village tsonnontouan. Après des embarras,

---

(1) *Greffe de Villemarie, 6 juillet 1669.* — FAILLON, *op. cit.*, t. III, p. 290.

que Galinée attribue au jésuite Fremin, elle quitta ce village sans avoir obtenu de guides et arriva, le 24 septembre, sur le lac Erié, à Tenaouatoua. Elle y rencontra Louis Jolliet, marchand canadien, d'origine normande, que Talon avait envoyé à la recherche d'une mine de cuivre sur le lac Supérieur.

Jolliet engagea les Sulpiciens à monter au nord, dans les beaux pays des grands lacs. La Salle leur fît consciencieusement observer que les Jésuites avaient des établissements dans ces régions et ne permettraient pas à leur zèle de s'y produire. Ils suivirent le conseil de Jolliet et durent le regretter, car ils ne firent aucune découverte et n'eurent pas l'occasion de prêcher l'Evangile et de baptiser un sauvage.

Leur voyage ne fut cependant pas sans résultat. Après avoir hiverné au nord du lac Erié, près d'une rivière qu'ils nomment Tina-Toua (peut-être la *Grand-River*), dans le pays des Neutres, ils prirent possession de la contrée au nom de Louis XIV et de l'Eglise catholique. A leur retour, Galinée fît la carte de partie des lacs Ontario, Erié, Saint-Clair et Huron, de French River, du Lac Nipissing et de la section inférieure d'Ottawa River. C'est la plus ancienne carte de ces vastes contrées (1).

La Salle s'excusa sur une indisposition de ne pas les accom-

---

(1) En 1687, cette carte et le procès-verbal de prise de possession furent envoyés à Londres pour appuyer les prétentions des Français sur les lacs Erié, Ontario et pays environnants. (FAILLON, *op. cit.*, t. III, pp. 288-305. — Arch. du Min. de la mar., *Mémoires généraux sur le Canada, 13 mai 1687*. — M. H. HARRISSE, *Notes pour servir à l'histoire, à la bibliographie et à la cosmographie de la Nouvelle-France et des pays adjacents, 1545-1700*; Paris, Tross, 1870, p. 193). M. Harrisse donne le titre exact de la carte de Galinée. Il nous apprend en outre que cette carte ne se trouve plus au Dépôt de la Marine; que la réduction donnée par l'abbé Faillon ne reproduit pas toutes les légendes de l'original; qu'une copie, faite en 1856, se trouve à la Bibliothèque du Parlement canadien à Ottawa.

pagner. En réalité, comme je l'ai dit ailleurs, il ne souhaitait rien tant que de se séparer d'eux pour ne suivre que ses propres plans.

Le 30 septembre, tous communièrent de la main de Dollier de Casson; le lendemain, les deux prêtres et leurs hommes se dirigèrent vers le nord.

« Cependant », dit un mémoire du temps, « M. de la Salle
« continua son chemin par une rivière qui va de l'est à l'ouest,
« et passe à Onontaqué (Onondaga), puis à six ou sept lieues
« au-dessous du lac Erié; et estant parvenu jusqu'au 280me
« ou 83me degré de longitude, et jusqu'au 41me degré de lati-
« tude, trouva un sault qui tombe vers l'ouest dans un pays
« bas, marescageux, tout couvert de vieilles souches, dont il
« y en a quelques-unes qui sont encore sur pied. Il fut donc
« contraint de prendre terre, et suivant une hauteur qui le
« pouvoit mener loin, il trouva quelques sauvages qui lui
« dirent que fort loin de là le mesme fleuve qui se perdait
« dans cette terre basse et vaste se réunissoit en un lit. Il con-
« tinua donc son chemin, mais comme la fatigue étoit grande,
« vingt-trois ou vingt-quatre hommes qu'il avait menez jusques
« là le quittèrent tous en une nuit, regagnerent le fleuve, et
« se sauverent, les uns à la Nouvelle Hollande et les autres à
« la Nouvelle Angleterre. Il se vit donc seul à 400 lieues de
« chez lui, où il ne laisse pas de revenir, remontant la rivière
« et vivant de chasse, d'herbes, et de ce que lui donnèrent les
« Sauvages qu'il rencontra en son chemin (1). »

Dans une dépêche de 1677, adressée au comte de Frontenac, Cavelier de la Salle, parlant de lui à la troisième personne, rappelle en ces termes les résultats de ce voyage : « Il décou-
« vrit le premier beaucoup de pays au sud des grands lacs et
« entre autres la grande riviere d'Ohio; il la suivit jusqu'à un
« endroit où elle tombe de fort haut dans de vastes marais, à

---

(1) Manuscrit inédit cité par M. Parkman, *The Discovery of the Great West*, p. 20, n° 1.

« la hauteur du 37° degré, après avoir été grossie par une
« autre rivière fort large qui vient du nord, et toutes ces eaux
« se déchargent selon toutes les apparences dans le golfe du
« Mexique (1). »

Il n'y a sur l'Ohio qu'un saut, celui de Louisville, situé par
38° 15 de latitude nord, à plus d'un degré au-dessus du point
relevé par Cavelier de la Salle.

Si cet explorateur s'était arrêté aux rapides de Louisville,
comme le pense M. l'abbé Faillon, quelle serait cette rivière
« fort large » dont il place le confluent sur le 37° de latitude
nord (2), à la limite de son voyage?

M. H. Harrisse, le sagace auteur de la *Bibliotheca Ameri-
cana Vetustissima*, admet la possibilité d'une erreur dans la
lettre de 1677, et concède, comme sans importance, que la
Salle a pu descendre jusqu'au Wabash.

Cette concession ne me satisfait pas. La relation dit qu'après
avoir quitté les rapides il suivit des hauteurs; qu'il apprit de
sauvages que, « fort loin de là », l'Ohio « se réunissait en un
« lit », et qu'à « la hauteur du 37° degré », à l'endroit où le
fleuve reçoit une « rivière fort large », il s'arrêta. Or, tandis
que les rapides sont par 38°15' et le confluent du Wabash et
de l'Ohio par 37°46', le confluent de l'Ohio et du Mississipi se
trouve par 37°10'. Est-ce par hasard que la Salle indiquerait
pour la position du confluent du Wabash et de l'Ohio la position du confluent de l'Ohio et du Mississipi? C'est inadmissible.
Serait-ce aussi par hasard qu'il aurait pu croire et dire que
l'Ohio, grossi du Wabash, coulait droit au golfe du Mexique?

Non, vraiment; il n'a pu désigner comme venant du nord
et s'unissant à l'Ohio, sur le 37° parallèle, pour couler au
golfe du Mexique, que le Mississipi.

---

(1) M. P. MARGRY, *Les Normands dans les vallées de l'Ohio et
du Mississsipi*. (Journal de l'Instruction publique.)

(2) A 0° 10' près du confluent de l'Ohio et du Mississipi.

Il revint à Montréal pendant l'hiver de 1669-70. Plusieurs de ses hommes l'avaient précédé. Pour justifier leur manque de persévérance, ils présentèrent son entreprise comme chimérique. Ils réussirent même à faire prévaloir le nom de *La Chine* sur le nom de *Saint-Sulpice* que portait la propriété de Cavelier de la Salle (1).

Au printemps suivant, la Salle était sur l'Ottawa, au-dessous des Chats; il y chassait avec cinq ou six Français et dix ou douze Iroquois (2).

Que fit-il l'année suivante? A cette demande de M. Parkman, l'abbé Faillon fait cette consciencieuse réponse :

« Nous n'entrerons pas dans cette discussion (la priorité
« de la découverte du Mississipi) qui n'est point de notre
« objet; seulement nous ferons remarquer ici, que, par un
« contrat qui se trouve au greffe de Villemarie, il est mani-
« feste que la Salle continua ses explorations. On y voit que,
« le 6 du mois d'août 1671, il avait reçu à crédit, *dans son*
« *grand besoin et nécessité,* des mains de M. Mignon de
« Branssat, procureur fiscal à Villemarie, des marchandises
« qui se montaient à la somme de quatre cent cinquante-
« quatre livres tournois. On y voit encore que, le 18 décem-
« bre 1672, étant à Villemarie, il promit de payer, au mois

____

(1) Dans mes précédents ouvrages sur Cavelier de la Salle, je n'ai pas admis qu'on ait donné à Saint-Sulpice le nom de *La Chine* pour ridiculiser une tentative déjà faite par Cartier, Champlain, Nicolet, Sagard, Roberval et les Jésuites. Il résulte de pièces authentiques citées par M. l'abbé Faillon que cette sottise ne peut être mise en doute. Le 6 juillet 1669, la propriété de la Salle portait encore le nom qu'il lui avait donné; dans des actes de 1670, elle est appelée *La Chine* et *La Petite-Chine.* (FAILLON, *op. cit.*, t. III, p. 298, n° 1.)

(2) NICOLAS PERROT, *Mémoire sur les mœurs, coustumes et religion des Sauvages de l'Amérique Septentrionale,* publié pour la première fois par le R. P. J. Tailhan ; Paris, Franck, 1864, pp. 119, 120.

« d'août suivant, la même somme, en argent monnayé, ou en
« pelleteries, soit à Villemarie, en la maison de M. Jacques
« Le Ber, où il demeurait, soit à Rouen, en celle de Nicolas
« Crevel, conseiller du Roi et maître des comptes, son
« parent (1). »

Il résulte, en effet, d'un mémoire cité par M. Parkman que
la Salle reprit une seconde fois la route du Mississipi. Mais
au lieu de suivre l'Ohio, il s'embarqua sur le lac Erié, suivit
le canal de Détroit, traversa le lac Huron, doubla la pointe de
Michillimackinac et, continuant d'avancer, « il reconnut une
« baye incomparablement plus large, au fond de laquelle,
« vers l'ouest, il trouva un très-beau havre et au fond de ce
« havre un fleuve qui va de l'est à l'ouest. Il suivit ce fleuve,
« et estant parvenu jusqu'environ le 280ᵉ degré de longitude
« et 39ᵉ de latitude » (latitude exacte du confluent de l'Illinois
et du Mississipi) « il trouva un autre fleuve qui se joignant au
« premier coulait du nord-ouest au sud-est, et il suivit ce
« fleuve jusqu'au 36ᵉ degré de latitude ».

Le très-beau havre, dit M. Parkman, peut être l'embouchure de la rivière Chicago, d'où, par un facile portage, il
dut gagner le Des Plaines, branche de l'Illinois. Nous ver-
rons, ajoute l'éminent écrivain, qu'il prit cette route dans sa
fameuse exploration de 1682 (2).

Arrivé, comme le porte la relation, à l'endroit où le Mississipi coupe le 36ᵉ parallèle, la Salle eut la certitude que ce
fleuve avait son embouchure dans le golfe du Mexique. Il fut
assez sage pour reconnaître qu'il ne disposait pas de moyens
suffisants pour achever sa découverte, et qu'un acte de témé-
rité pouvait compromettre les résultats acquis. Il remonta

---

(1) *Greffe de Villemarie, 18 déc., 1672. Obligation de la Salle.* —
FAILLON, *op. cit.*, t. III, p. 313.

(2) M. PARKMAN, *The discovery of the Great West*, p. 22, n° 1.
M. Parkman a visité toutes les contrées dont il s'est fait l'historien.

donc le courant au lieu de le descendre et vint préparer une dernière expédition pour augmenter la Nouvelle-France des beaux pays qu'il devait baptiser du nom de Louisiane.

Le récit que je viens de faire des voyages de Cavelier de la Salle est tiré d'un manuscrit en deux parties ayant pour titre : *Mémoires de M. de la Salle* et *Histoire de M. de la Salle*.

M. Parkman en attribue la rédaction à Louis-Armand de Bourbon, second prince de Conti. C'est un récit des découvertes faites en Canada, antérieurement à 1678, recueilli dans une douzaine de conversations que l'auteur dit avoir eues avec Cavelier de La Salle (1).

M. Harrisse, qui parle de ce manuscrit d'après les extraits publiés par M. Francis Parkman, accorde à cette pièce une valeur très-limitée. M. P. Margry, qui eut dans les mains la pièce même, dit : « Enfin, comme nous n'avons jamais cessé » nos recherches sur ce sujet, de nouveaux documents appar- » tenant à un particulier n'ont fait qu'augmenter, en 1868, » notre confiance dans le mémoire de l'ami de l'abbé de » Galinée, par la connaissance que nous croyons avoir » aujourd'hui de son nom qui est parmi les plus honorés de » son temps (2) ».

Si l'auteur est honnête homme, son amitié pour La Salle et son peu de sympathie pour les Jésuites n'ont pu lui faire dire le contraire de la vérité.

Ces voyages de La Salle sont néanmoins très-contestés.

Sur les deux cartes qu'il a dressées de son voyage de 1673, Louis Jolliet consacre à Cavelier de La Salle deux légendes qui se rapportent, suivant M. Harrisse, à l'exploration, en

---

(1) M. PARKMAN, *The discovery of the Great West,* pp. 20 et 101.

(2) M. MARGRY, *Revue maritime et coloniale,* t. XXXIII, p. 556.

1669, du cours de l'Ohio (1). Elles indiquent la direction de la route suivie mais elles n'en donnent pas le terminus, ce qui laisse le champ ouvert aux hypothèses.

M. Parkman décrit une autre carte sans date et sans nom d'auteur. De ce qu'elle donne au fort de Cataraconi le nom de Frontenac, elle est postérieure à 1672 ; de ce qu'elle donne au Mississipi le nom de Colbert, elle ne peut être antérieure à 1674. M. Parkman pense que cette carte est de Cavelier de La Salle (2). M. Harrisse dit au contraire : « Si celle que pos- » sède M. Parkman est du même cartographe que la section » que nous avons trouvée (les noms et les légendes sont en » tout semblables dans les deux), la carte est l'œuvre de » Louis Jolliet lui-même, car la section que nous avons devant » nous est tracée de sa main (3). »

Malgré la réserve de M. Harrisse, il est clair que la carte de M. Parkman est l'œuvre de Louis Jolliet et qu'elle ne prouve rien contre Cavelier de La Salle. L'erreur de mon savant et judicieux ami est d'autant plus regrettable qu'elle a été la cause déterminante de ses doutes sur le résultat final du second voyage de Cavelier de La Salle.

La Salle aussi a fait des cartes, mais, hélas! on ne saurait les retrouver.

Madeleine Cavelier, veuve Le Forestier, nièce de l'explorateur, les a confiées avec d'autres pièces, le 21 février 1756, sur la demande de M. de Silhouette, aux commissaires de France et d'Angleterre chargés de discuter les limites de nos pos-

---

(1) Carte de la découverte du S* Jolliet où l'on voit la communication du fleuve S. Laurens avec les Lacs Frontenac, Erié, Lac des Hurons, et Illinois. (Bibl. du Dépôt des Cartes de la Marine. Amer. Sept., Canada, n° 32. — La même carte avec quelques variantes, Ibid., n°.44. — M. H. HARRISSE, *op. cit.*, p. 194.)

(2) M. PARKMAN, *The discovery of the Great West,* pp. 406, 407.

(3) M. HARRISSE, *op. cit.*, p. 197.

sessions américaines. Elle disait dans sa lettre d'envoi : « Il y
» a des cartes, que j'ai jointe à ces papiers, qui doivent
» prouver que, en 1675, M. de La Salle avet déjà fet deux
» voyages en ces découverte, puisqu'il y avet une carte, que
» je vous envoye, par laquelle il est fait mention de l'androit
» auquel M. de La Salle aborda près le fleuve de Mississipi,
» — un autre androit qu'il nomme le fleuve Colbert ; en un
» autre, il prans possession de ce pais au nom du Roy et fait
» planter une crois (1) ».

Ces précieux documents, qui prouvaient la priorité de Cavelier de La Salle à la découverte du Mississipi, sont perdus...
perdus en admettant que des diplomates peuvent perdre un
dossier confié bénévolement à leur délicatesse pour la défense
de grands intérêts nationaux.

Les pièces de l'enquête ou du procès du capitaine de Beaujeu, qui devraient se trouver dans les archives du port de
Brest, sont aussi perdues (2).

On ne retrouve pas non plus la *Relation des découvertes
et des voyages du Sʳ de La Salle, seigneur et gouverneur du
fort de Frontenac, au-delà des Grands Lacs de la Nouvelle
France, faite par ordre de Mᵍʳ de Colbert, en 1679, 1680
et 1681,* portant le nº 4 de la boîte 64 aux archives du Ministère de la Marine. C'était l'une des pièces les plus importantes
du dossier de Cavelier de La Salle (3).

La *Carte de la Louisiane ou des Voyages du Sʳ de La*

---

(1) M. P. MARGRY, *Les Normands dans les vallées de l'Ohio et
dn Mississipi.* (Journal de l'Instruction publique, nº du 30 août
1862.)

(2) Lettre du 14 juillet 1869 de M. le contre-amiral Simon. Toutes
les recherches que cet officier général a eu la bonté de faire faire
pour moi n'ont donné aucun résultat. Voir *Découvertes et Etablissements de Cavelier de la Salle*, pp. 286-88.

(3) M. H. HARRISSE, *op. cit.*, p. XXIV, note 1.

*Salle et des pays qu'il a découverts depuis la Nouvelle
France jusqu'au Golfe Mexique les années 1679, 80, 81 et
82, par Jean-Baptiste-Louis Franquelin, l'an 1684. Paris,*
qui était au Dépôt de la Marine, à Paris, boîte 26 b, n° 2, est
égarée. On ne peut plus en parler que sur les descriptions
de Raymond Thomassy et de M. Parkman (1).

Qu'a-t-on fait du *Premier établissement de la foy dans la
Nouvelle France ?* M. Harrisse dit que les Jésuites en ont
vainement sollicité la destruction. Je ne contredis pas. Cependant il n'en reste plus que trois ou quatre exemplaires.

Les pièces qui sont encore au Ministère de la Marine étaient
classées dans le dossier du général de La Salle, où l'on ne
devait certainement pas les chercher, où elles moisiraient
peut-être encore ignorées sans les persistantes investigations
de Thomassy.

Est-ce le hasard qui a fait tout cela ? Soit. Mais je dis
qu'un hasard qui a mis tant d'intelligence et de soin à étouffer
la mémoire de Cavelier de La Salle me permettra de tenir
pour preuves certaines les moindres épaves échappées à sa
fournaise. J'admets donc comme exacts les récits de l'ami de
Galinée ainsi que les affirmations de Madeleine Cavelier.

Les PP. Jésuites et leurs partisans fondent surtout leurs
prétentions sur le silence que La Salle aurait gardé, en
Canada, devant les discours de Louis Jolliet, et sur une lettre
écrite à Colbert, par Frontenac, le 14 novembre 1674.

Est-il bien sûr que La Salle n'a pas protesté en Canada et
que ses protestations n'ont pas eu le sort de ses autres
pièces ?

Quant à des protestations verbales, où pouvaient-elles se
produire avec chance d'être recueillies ? — En Canada ? —
Jamais ! La Salle n'avait-il pas là pour ennemis implacables
Duchesneau, La Chesnaye, Le Ber, Louis Jolliet, Le Moyne,

---

(1) M. H. HARRISSE, *op. cit.*, p. 201.

la masse des trafiquants, les PP. Jésuites qui, ayant un pied
dans toutes les familles, une oreille sur toutes les consciences,
régnaient despotiquement sur la colonie (1) ? M. l'abbé Tailhan ne se rappelait pas cette puissante coterie quand il arguait
du silence de Cavelier de la Salle pour couronner Jolliet (2).
Mais, mon Révérend Père, veuillez me permettre de vous le
dire, des hommes qui ont tenté deux fois, peut-être trois fois,
d'empoisonner Cavelier de la Salle (3), qui l'ont fait assas-
siner au Texas, qui ont donné permission aux Iroquois de le
tuer (4), qui l'ont fait calomnier en France par les belles péni-
tentes des PP. Jésuites (5), qui ont essayé de le faire séduire
par la complaisante épouse d'un complaisant fonctionnaire (6),
qui ont fait disparaître ses papiers, de tels hommes pou-

---

(1) Voir *The old Regime in Canada*, by FRANCIS PARKMAN;
Boston, Little, Brown, and C°, 1874.

(2) *Mémoire sur les mœurs, coustumes, et relligion des Sauvages de l'Amérique Septentrionale,* par NICOLAS PERROT, *publié
pour la première fois* par le R. P. TAILHAN, de la Compagnie de
Jésus ; Leipzig et Paris, Franck, 1864, pp. 280-289.

(3) Le premier de ces empoisonneurs fut Nicolas Perrot, le voyageur. (*Lettre de la Salle au prince de Conti,* du 31 octobre 1678.
Ms. cité par M. Parkman.) L'abbé Tailhan ignore ce fait et présente Perrot comme le plus honnête homme du monde. (*Mémoire
sur les mœurs,* etc., p. 6 et 7.)

(4) *Mémoire pour rendre compte à Monseigneur le marquis de
Seignelay de l'estat où le Sieur de la Salle a laissé le fort Fron-
tenac pendant le temps de sa découverte.* (Arch. du Min. de la
Marine.) — CHARLEVOIX, *Histoire et description générale de la
Nouvelle-France,* t. II, pp. 308 et 378.

(5) MICHELET, *Histoire de France au XVIII° siècle. La Régence ;* Paris, Chamerot, 1864, pp. 182, 187.

(6) *Histoire de M. de la Salle.* (Ms. cité par M. Parkman.)

vaient-ils laisser se produire et conserver pieusement, pour les besoins de l'histoire, la protestation en bonne et due forme que vous exigez? Non. Le silence vrai ou supposé que la Salle a gardé en Canada ne prouve absolument rien contre lui. La preuve négative que vous prétendez établir est inadmissible.

La Salle ne pouvait protester qu'à Paris, « à quinze cents lieues » de ses ennemis, et c'est ce qu'il a fait.

En ce qui concerne la lettre du 14 novembre, M. de Frontenac y dit effectivement que Jolliet « a découvert des pays « admirables et une navigation si aisée par les belles rivieres « qu'il a traversées, que, du lac Ontario et du fort de Fron- « tenac, on pourroit aller en barque jusque dans le golphe du « Mexique... qu'il a été jusqu'à dix journées près du golphe « du Mexique et croit que par les rivieres qui, du côté de « l'ouest, tombent dans la grande riviere qu'il a trouvée, qui « va du nord au sud, et qui est aussi large que celle de « Saint-Laurent, vis-à-vis de Quebec, on trouveroit des « communications d'eaux qui meneroient à la mer Vermeille. »

Cette lettre est très-précise, mais trois ans plus tard, en 1677, le même comte de Frontenac écrivait à Colbert : « Sur « l'avis qu'ont eu les Jésuites du dessein de M. de la Salle « de demander la concession du lac Erié, ils ont résolu de « faire demander eux-mêmes cette concession pour les sieurs « Jolliet et Lebert, gens qui leur sont tout dévoués et le pre- « mier desquels ils ont tant vanté, par avance, quoiqu'il n'ait « voyagé qu'après le sieur de la Salle, *lequel vous témoi-* « *gnera que la relation de M. Jolliet est fausse en beaucoup* « *de choses* (1). »

En 1673 et 1674, la Salle fut chargé, par le comte de Frontenac, d'amener à une conférence, sur le lac Ontario, les

---

(1) M. P. MARGRY, *Les Normands dans les vallées de l'Ohio et du Mississipi.* (Journal de l'Instruction Publique, nº du 20 août 1862.)

tribus iroquoises (1), et de diriger la construction du fort de Cataracoui. A l'automne de 1674, il partit pour la France et ne revint l'année suivante que pour reconstruire le fort, qui prit le nom de Frontenac, défricher sa concession, fonder des villages indiens, faire des canots, dresser des rameurs, étudier le grand projet d'exploration qu'il méditait. En 1677, il s'embarqua de nouveau pour la France. S'il était alors en état de critiquer ce que Jolliet disait du Mississipi, c'est évidemment qu'il avait vu ce fleuve avant 1673, c'est-à-dire avant Louis Jolliet.

Le caractère du comte de Frontenac est d'ailleurs une garantie de sincérité. Un homme comme lui ne pouvait déloyalement attribuer à la Salle un honneur qui aurait appartenu à Louis Jolliet. En 1677, comme en 1674, il a dit la vérité. Ainsi que l'observe M. Margry : « Frontenac pou« vait, avec justice, en 1674, louer les entreprises de Jolliet, « vanter même des découvertes qui dépassaient le terme des « explorations de Cavelier de la Salle, mais en 1677, lors« qu'on invoque la priorité de l'entreprise pour avoir le droit « de l'achever, Frontenac devait avoir sous les yeux les élé« ments d'information qui servirent sans doute à l'acte d'ano« blissement de Cavelier de la Salle (2). »

Cet acte même d'anoblissement ne place-t-il pas les services de la Salle au-dessus de ceux de Louis Jolliet?

VII. — JACQUES MARQUETTE ET LOUIS JOLLIET (1673).

Pour n'avoir pas eu l'honneur de découvrir le Mississipi, Louis Jolliet n'en fut pas moins un homme de valeur. Après de bonnes études chez les PP. Jésuites, il renonça au sacer-

---

(1) *Relations inédites de la Nouvelle-France*, t. II, append., art. III et IV.

(2) M. MARGRY, *Revue maritime et coloniale*, t. XXXIII, pp. 556-557.

doce, étudia les langues et les mathématiques, puis se fit explorateur et négociant. Il rendit particulièrement service à la colonie par ses travaux hydrographiques sur le Saint-Laurent et par son exploration des côtes du Labrador (1).

Au commencement de sa carrière, il fut chargé, par le gouvernement colonial, de plusieurs missions sur la marge des pays connus. Mais après son voyage avec Jacques Marquette, il ne pensa plus, pendant une vingtaine d'années, qu'à ses intérêts personnels. Les PP. Jésuites étant pour lors omnipotents, il crut que leur bannière le conduirait sûrement à la fortune. Cela lui était était d'ailleurs facile parce qu'il eut toujours pour ses anciens maîtres une grande affection. Ceux-ci, de leur côté, tinrent à s'assurer un homme dont ils connaissaient les brillantes qualités. Avec cette habileté que nul ne leur conteste, ils jugèrent qu'en l'opposant à Cavelier de la Salle ils le riveraient à leur Compagnie. Ils l'envoyèrent donc à Marquette qui, depuis quatre ans, comme on l'a vu, se préparait pour l'exploration du Mississipi.

On reproche à Marquette d'avoir presque complètement effacé de sa relation le nom de Louis Jolliet et de laisser croire qu'il était en réalité le chef de l'expédition.

Ce reproche n'est peut-être pas fondé.

Marquette se voyait, selon ses propres expressions, « à la « porte de ces nouvelles nations, lorsque, dès l'an 1670, il « travaillait en la Mission de la Pointe du Saint-Esprit, qui « est à l'extrémité du lac Supérieur, aux Outaouais (2). » Il avait appris l'illinois et cinq autres langues, recueilli une

---

(1) M. P. Margry, *Louis Jolliet* (Revue canadienne, n⁰ˢ de décembre 1871, janvier, février et mars 1872).

(2) *Récit des voyages et des découvertes du R. P. Jacques Marquette, de la Compagnie de Jésus, en l'année 1673 et aux suivantes,* ap. *Mission du Canada. — Relations inédites de la Nouvelle-France (1672-1679) pour faire suite aux anciennes Relations (1615-1672)*; Paris, Douniol, 1861, t. II, p. 241.

masse de renseignements et dressé une carte des pays à parcourir. Son intention était de tenter le voyage avec un Français et le jeune Indien qu'on lui avait donné, sur un bateau qui lui était promis par les naturels (1).

Ne devait-il pas tenir à récolter lui-même la gerbe qu'il avait cultivée avec tant de patience et de labeur?

Bien qu'il vécût beaucoup moins avec les hommes qu'avec la Vierge et les Saints, il lui devait être désagréable de renoncer à son rêve de gloire et de soumettre sa volonté à celle d'un simple laïque qu'il pouvait considérer comme son élève.

D'autre part, quand on voit Cavelier de la Salle gêné par la présence de Casson et de Galinée, il semble difficile que Jolliet ait pu commander à Marquette, homme de mérite, qui le primait par l'âge et portait le chapeau légendaire devant lequel il avait l'habitude de s'incliner toujours respectueusement.

Il est donc possible que la commission délivrée par Frontenac et Talon, sur la demande des PP. Jésuites, n'ait conféré au jeune Canadien qu'une autorité purement nominale.

En tout cas, Marquette, dans sa relation, portait la parole et faisait les présents; dans les festins, il était servi le premier; c'est à lui qu'on offrait le calumet; sans consulter Jolliet, il baptisa le Mississipi du nom de *Conception*. S'il n'était pas chef, c'est que son récit n'est pas conforme à la vérité.

Qoiqu'il en soit, le 17 mai 1673, Jacques Marquette et Louis Jolliet partent, avec cinq hommes « bien résolus », de la mission de Saint-Ignace, à Michillimackinac. Ils sont heureux, pleins d'espoir, et rament gaiement sur le lac des Illinois ou Michigan. La première nation qu'ils rencontrent est celle des Mahominis ou de la Folle-Avoine, sur la baie verte (*Green Bay*). Pour les détourner de leur voyage, les Mahominis leur font entrevoir les plus grands dangers : des nations féroces,

____

(1) *Relation de 1670*, pp. 89-91.

un fleuve terrible, et même des démons, êtres fantastiques dont on a toujours beaucoup parlé dans tous les temps et dans tous les pays et qu'on n'a jamais vus nulle part.

Comme il s'agissait de démons sauvages, le Père Marquette n'en voulut rien croire. Il remercia donc ses bénévoles conseillers et reprit le chemin de la baie Verte pour se rendre, par la rivière aux Renards (*Fox River*), au pays des Maskoutens (*Nation du Feu*), où il arriva le 7 juin.

« C'est ici », dit-il, « le terme des découvertes qu'ont « faites les Français, car ils n'ont point encore passé plus « avant (1). »

Eh ! Révérend Père, Jean Nicolet n'était-il pas Français? Son excursion sur le Wisconsin est-elle une fiction du P. Vimont?

Les Maskoutens avaient déjà reçu des missionnaires, et l'on voyait, au milieu de leur village, une belle croix ornée d'offrandes au grand Manitou des Français. En cet endroit, Jolliet porta la parole : « Je suis envoyé, dit-il, par le Gou- « verneur pour découvrir de nouveaux pays » — et le P. Marquette vient, « *de la part de Dieu*, pour les éclairer des « lumières du saint Evangile (2). »

Nos voyageurs se remettent en route le 10 juin, avec deux guides Miamis (3), pour le Wisconsin. Sept jours plus tard, juste un mois après leur départ de la mission de Saint-Ignace, ils entrent dans le Mississipi par 43° degrés de latitude nord, au lieu dit la *Prairie du Chien.*

Marquette chante victoire. Il croit être le premier Français qui trempe sa rame dans le *Père des Eaux.* Ce qu'il y a de

---

(1) MARQUETTE, *Récit des découvertes*, pp. 247-250.

(2) MARQUETTE, *Récit des voyages*, p. 252. C'est la seule fois que Jolliet est dit avoir porté la parole, et c'est pour donner à Marquette le premier rang.

(3) Les guides étaient indispensables pour traverser le pays marécageux qui porte aujourd'hui le nom de Marquette.

certain, c'est qu'il vient d'inscrire son nom au Livre d'Or de la Nouvelle-France. Deux cents ans plus tard, en 1873, le 17 juin, Jacques Marquette et Louis Jolliet seront célébrés par les Etats-Unis d'Amérique.

Marquette et Jolliet descendent le fleuve dont le cours paisible leur laisse le temps d'admirer les belles prairies qui bordent la rive gauche et les hautes montagnes qui, sur la rive droite, ferment l'horizon. Après avoir vu des animaux vrais et cru voir des animaux fantastiques (1), ils remarquent, le 25 juin, des pistes d'hommes et un sentier qui se perd dans de vastes prairies. Ils laissent à la garde du bateau leurs cinq hommes, s'engagent bravement dans le sentier et visitent successivement deux villages illinois où ils trouvent une réception très-sympathique.

C'est Marquette qui porte la parole et fait les présents, c'est à lui qu'on offre le calumet (2) ; dans un festin où l'on servit de la sagamité, un grand chien et du poisson, c'est à Marquette que l'on présente toujours les premiers morceaux. Pour faire honneur aux deux Français, le maître des cérémonies leur met dans la bouche : la sagamité, après avoir soufflé dessus ; le poisson, après en avoir retiré les arêtes ; la viande, après l'avoir coupée en morceaux (3).

Marquette et Jolliet reviennent au Mississipi en suivant le cours du Pekitanouï (Missouri) et continuent leur exploration.

Le calme et limpide Mississipi est transformé par la masse d'eau que lui verse le Missouri. Il devient trouble et impétueux ; il déchire ses rives et charrie des arbres entiers qui forment des îlots flottants très-dangereux pour la navigation.

Les Français atteignent le confluent de l'Ohio (37° 10' lati-

---

(1) MARQUETTE, *Récit des voyages*, p. 258.

(2) MARQUETTE, *op. cit.*, pp. 263, 269.

(3) MARQUETTE, *op. cit.*, p. 264.

tude nord, non 36°, comme l'indique Marquette). Le Père accorde en passant un souvenir aux tribus de Chaouanons qui, sur cette rivière, vivent heureuses et paisibles quand il plaît aux Iroquois de ne pas les troubler.

Il semble qu'à cet endroit de son récit le P. Marquette devait citer Cavelier de la Salle, probablement alors le seul Européen qui eût dormi dans un wigwam de Chaouanon. Marquette ignorait-il qu'on lui devait la découverte de l'Ohio? Peut-être. De 1669 à 1672 il fut loin du théâtre des événements, et les PP. Jésuites avaient cette découverte pour si peu agréable qu'ils n'en disent pas un seul mot dans leurs relations.

Un jour que nos voyageurs se laissaient aller au gré du courant, ils virent sur la berge une troupe d'Indiens armés de fusils. Le calumet du P. Marquette produisit son effet, c'est-à-dire que le combat, qui paraissait imminent, fut remplacé par une réception très-cordiale. Ces Indiens voyaient souvent des Européens qui leur vendaient des étoffes et diverses marchandises.

Un peu plus bas, en face de Mitchigamea, les mêmes alarmes se reproduisirent, et le calumet, agité avec persistance, fit encore succéder les caresses aux menaces. Marquette, bien qu'il entendît six langues, ne trouva personne à qui parler. Cependant il fit comprendre par signes qu'il se rendait à la mer. Il donna de la même manière des explications sur Dieu et les « choses du salut », mais il n'est pas sûr d'avoir été bien compris par les Sauvages (1).

Le lendemain, Marquette et Jolliet remontent en bateau pour se rendre au village des Arkansas. Ils trouvent dans ce village un jeune homme qui comprend l'illinois et consent à leur servir de truchement. Par son moyen, Marquette fait les présents d'usage et dit sur « Dieu et les mystères de notre

---

(1) MARQUETTE, *op. cit.*, p. 268.

cependant, sans faire tort au premier, mettre ses titres beaucoup au-dessous de ceux du second.

Cette glorification du bon jésuite, qui doit toute sa renommée aux récits de ses confrères et à la perte inexpliquée de la copie du journal de Jolliet, donne fort à penser.

VIII. — Cavelier de la Salle (1674-1680).

Tandis que Jolliet, Marquette et les Jésuites s'efforçaient d'étendre le champ des missions, Cavelier de la Salle projetait la conquête du bassin du Mississipi et l'établisssement d'une chaîne de forts reliant Cataraconi au golfe du Mexique. Il voulait non-seulement ouvrir à notre commerce un champ immense, mais nous mettre en état de résister avec avantage aux Anglais et aux Espagnols qui nous avoisinaient les uns à l'orient, les autres à l'occident.

Ce hardi projet, longtemps étudié, n'avait rien de chimérique.

Les Sauvages faisaient généralement bon accueil aux Français ; les obstacles naturels de la route étaient connus de Cavelier de la Salle qui savait très-bien comment les surmonter. Le danger imminent, certain, venait des trafiquants qui craignaient pour leur monopole, surtout des Jésuites qui voyaient s'évanouir leur projet, longtemps caressé, d'un Paraguay septentrional.

Pour soutenir la guerre à mort qu'il entrevoyait, le jeune normand se mit sous la protection du comte de Frontenac, homme de grande valeur, esprit juste et clairvoyant, ferme, peu sympathique aux Jésuites dont il repoussait hautainement le joug.

Sans s'inquiéter des plaintes et des cabales, Frontenac jeta les fondements du fort de Cataraconi, sur le lac Ontario, à l'embouquement du St-Laurent, puis écrivit à Colbert, le 13 novembre 1673, que ce fort et un navire, alors en construction, suffiraient pour contenir les tribus iroquoises et intercepter leur trafic avec les Anglais; qu'un autre fort à l'embouchure du Niagara et un autre vaisseau sur le lac Erié nous donneraient la haute main sur les grands lacs. C'était l'amorce du vaste projet de Cavelier de la Salle, une preuve que le fier général et le jeune Rouennais s'entendaient parfaitement. A l'automne de 1674, au moment où le gouvernement métropolitain, travaillé par des influences souterraines, hésitait encore sur la conservation de Cataraconi, la Salle se rendit à Versailles avec une pressante recommandation de Frontenac (1).

Il demanda deux choses qui lui furent accordées le 13 mai 1675 (2) : des lettres de noblesse pour les services qu'il avait rendus comme explorateur; le don, à titre de seigneurie, du fort de Cataraconi, des îles voisines et d'une bande de terre de quatre lieues de longueur sur une demi-lieue de profondeur.

Cette concession lui donnait droit de seigneurie sur les forêts avoisinantes, le faisait commandant de la garnison, fondateur de la mission, patron de l'église, souverain de l'un des plus beaux domaines du Canada (3).

Sa famille, le voyant ainsi favorisé de la fortune, lui vint largement en aide. Il résulte de papiers de famille que M. Mario de la Quesnerie a bien voulu me communiquer, qu'elle ne lui a pas avancé moins de cinq à six cent mille livres, soit deux millions à deux millions quatre cent mille francs d'aujourd'hui.

Comme l'observe très-bien M. F. Parkman (4), si la Salle

---

(1) *Lettre à Colbert du 14 nov. 1674.*

(2) *Découvertes et établissements de Cavelier de la Salle*, app., pp. 360-62. — *Extrait des archives du Conseil d'Etat, du 13 mai 1675* (Arch. du Min. de la Marine). — Ms. communiqué par M. Mario de la Quesnerie.

(3) M. F. PARKMAN, *The discovery of the Great West*, p. 115.

(4) M. F. PARKMAN, *op. cit.*, p. 90.

avait voulu simplement faire fortune, il était pour cela en belle voie, car il pouvait mettre la main sur la meilleure partie du trafic canadien; mais les profits commerciaux étaient pour lui un moyen, une nécessité, non un but.

Revenu en Canada, il fut mis en possession de sa seigneurie (1), qu'il baptisa du nom de son protecteur Frontenac. Il remplaça par des fortifications en pierre les ouvrages en bois du fort de Cataraconi, fit des défrichements, éleva des bâtiments, créa un groupe de maisons françaises et un village indien, construisit des barques, dressa des canoteurs, fonda une mission, ouvrit une école commune aux enfants des Français et des Iroquois (2).

La prospérité croissante de Frontenac, la vaste perspective qu'elle semblait ouvrir à Cavelier de la Salle étaient, pour les adversaires du jeune normand, une cause d'irritation, bruyante

---

(1) Cette remise eut lieu le 12 octobre 1675, suivant acte dressé par le comte de Frontenac. Une copie de cet acte, que je crois de la main de Cavelier de la Salle, m'a été communiqué par M. M. de la Quesnerie.

(2) Ces travaux ne lui ont pas coûté moins de 34,426 l. (environ 140,000 fr. de notre monnaie), outre le remboursement d'une somme de 10,000 l. dépensée par Frontenac pour la première construction. *Estat de la depense faite par Monsieur de la Salle, gouuerneur du fort de Frontenac, tant pour le remboursement des frais faits à la construction dud. fort que pour les fortiffications nouuelles, deffrichements et ouurages qu'il a fait faire y compris le paiement de la nourriture et des officiers, soldats et trauaillants dud. fort.* — Communication de M. M. de la Quesnerie).—HENNEPIN, *Voyage ou nouvelle découverte d'un très-grand pays, dans l'Amérique, entre le Nouveau Mexique et la Mer Glaciale;* Amsterdam, 1704, pp. 32-35. — CHARLEVOIX, *Journal d'un voyage fait par l'ordre du Roi dans l'Amérique septentrionale;* Paris, Rollin, 1744, t. V, p. 287 de l'éd. in-12°. — *Lettres patentes pour la découverte-de la mer de l'Ouest, du 16 mai 1678. (Déc. et établ. de Cavelier de la Salle,* app., pp. 364, 365.

chez les uns, sourde, et d'autant plus active, chez les autres. Chacun ne voyait que ses petits intérêts personnels ou de coterie et méconnaissait la réelle importance de ce poste pour l'avenir commercial et militaire de la colonie. La Salle était poursuivi avec acharnement à Québec, à Montréal, en France, et, il faut le dire, bien que ce soit profondément triste, même chez les Iroquois que l'on s'efforçait de soulever contre lui (1).

Les P.P. Louis Hennepin et Zenobe Membré en savaient long sur les embûches, les piéges, les chausse-trapes tendus sous les pas de Cavelier de la Salle; ils lèvent un coin du voile, timidement, n'osant plus, l'ennemi est si puissant (2)! Cependant, le rayon de lumière qui perce entre leurs doigts permet de distinguer parfaitement les groupes qui travaillent dans la nuit, et de donner un nom à la plupart de ces ombres qui glissent et s'agitent autour du fort de Frontenac.

La Salle est attentif et déjoue avec une merveilleuse dextérité les tentatives de ses adversaires. Il y en avait une cependant qu'il ne soupçonnait pas et qui faillit terminer d'un coup sa vie et ses projets.

Nicolas Perrot, le voyageur, constamment dévoué aux Jésuites, et dont le P. Tailhan fait presque un héros (3), l'empoisonna avec de la ciguë et du vert-de-gris (4). La Salle ne survécut à cette tentative que grâce à la vigueur exceptionnelle de sa constitution.

Il résulte d'une lettre qu'il écrivit au prince de Conti (5),

---

(1) *Histoire de M. de la Salle*; Ms. cité par M. Parkman.

(2) HENNEPIN, *Voyage ou nouvelle découverte*, p. 38. — ZENOBE MEMBRÉ, ap. CHRISTIAN LE CLERCQ, *Premier établissement de la foy dans la Nouvelle-France*; Paris, 1691, ch. xx.

(3) NICOLAS PERROT, *Memoire sur les mœurs, coustumes et relligion des Sauvages de l'Amérique septentrionale*, p. vi.

(4) *Histoire de Mr de la Salle*. Ms.

(5) *Lettre de la Salle au prince de Conti, du 31 octobre 1678*

que Perrot agit de son propre mouvement, sans en avoir été prié par les Jésuites.

Il est à remarquer toutefois que ces Pères ont toujours feint d'ignorer le crime de Perrot et couvert cet homme de leur protection.

Au moment où la Salle écrivait à Paris pour détourner les soupçons qui pesaient injustement sur eux, ils lui envoyèrent, avec une lettre de recommandation, un nommé Deslauriers. Est-ce hasard ou fatalité? ce Deslauriers s'occupa tout spécialement de porter à la désertion les hommes de Cavelier de la Salle (1) Il réussit beaucoup mieux dans cette tâche que la femme du receveur des revenus du roi de Québec ne réussit dans la sienne (2).

A la fin de 1677, la Salle revint en France avec de nouvelles recommandations du comte de Frontenac pour le roi et pour Colbert. Malgré les bruits mensongers répandus sur son compte, il fut jugé très-favorablement et obtint ce qu'il demandait : l'autorisation de découvrir la partie occidentale de la Nouvelle-France. Il devait, avec sa compagnie, supporter les frais de l'entreprise; comme compensation, le roi lui accordait le monopole des peaux de *cibola* (buffle) et la possession, au même titre que le fort de Frontenac, de tous les forts qu'il jugerait utile de construire (3).

---

(1) M. F. PARKMAN, *The discovery of the Great West*, p. 112.

(2) Avec l'autorisation ou par l'ordre de son mari, cette dame essaya de se faire séduire par Cavelier de la Salle, mais elle échoua malgré les plus consciencieux et les plus hardis efforts. Quand la Salle s'échappa des étreintes passionnées de la dame, il trouva le mari caché derrière la porte. Il donne sur cette affaire des détails très-complets, très-édifiants. (*Histoire de M. de la Salle.* Ms.).

(3) *Lettres patentes pour la découverte de la mer de l'Ouest, du 12 mai 1577.* (*Déc. et établ. de Cavelier de la Salle*, app. pp. 364, 365.)

Il revint à Québec, le 15 septembre 1678, avec 30 hommes, (marins, charpentiers, ouvriers divers) et le brave Tonty « le « séul officier qui ne l'abandonna pas. »

Il se met à l'œuvre aussitôt. Quinze hommes sont envoyés aux Illinois, avec des marchandises, pour faire la traite et lui ouvrir la route. Henry de Tonty, la Motte, Hennepin et seize hommes partent pour le Niagara, passent la cataracte et commencent, près de la Cayuga Creek, sur le territoire des Iroquois-Tsonnontouans, la construction d'un fort qui devait porter le nom de Conti et d'un navire qui fut appelé *Le Griffon*.

Ces travaux rencontrèrent de grandes difficultés.

La route était longue, l'hiver rigoureux, les transports extrêmement pénibles; le pis, c'est que les Sauvages, défiants, hardis, rusés, prêts à tout, firent plusieurs tentatives contre les Français. Ils avaient décidé, pour en finir, d'attaquer le camp pendant la nuit, à l'improviste, d'incendier le navire et de massacrer les hommes. Plusieurs Français avaient heureusement profité de l'absence du chaste de la Salle pour faire l'amour aux sauvagesses. L'une d'elles prévint son amant du complot et la petite colonie fut sauvée, c'est-à-dire qu'elle n'eut plus à lutter sérieusement que contre la disette et un certain gredin, probablement Deslauriers, qui poussait à la désertion.

Tonty redoubla de ruse, de promptitude, de vigilance et réussit à mener à bonne fin son entreprise. *Le Griffon*, qui jaugeait quarante-cinq tonneaux, fut terminé, béni, lancé, armé au grand étonnement des Iroquois, qui déclarèrent les Français des *esprits perçants*.

Le P. Hennepin donne à croire que la malveillance des Sauvages contre la Salle fut en grande partie l'œuvre des jésuites Raffeix et Garnier.

Il est certain que ces Pères n'ont pas mis au service de la Salle l'influence qu'ils avaient sur les Iroquois; mais il est également certain que ces derniers n'avaient besoin d'aucune excitation pour s'opposer à la Salle. Ils voyaient parfaitement, malgré les beaux discours du jeune explorateur et de son lieutenant la Motte, qu'un fort sur la Cayuga Creek et un navire sur le lac Erié tueraient leur commerce avec les Anglais et les Hollandais (1).

Un fait plus grave : les ennemis de la Salle soutenaient obstinément que la découverte en cours d'exécution était une folie et devait finir par un désastre. Ses créanciers eurent peur, engagèrent des poursuites, et la justice, habituellement d'une majestueuse lenteur, fut pour cette fois d'une vivacité juvénile. Tout ce que la Salle possédait à Québec et à Montréal fut saisi et vendu avant même qu'il ait vu l'ombre d'une feuille de papier timbré. On savait que la seigneurie de Frontenac offrait une garantie plus que suffisante, mais on avait des raisons pour ne pas s'en souvenir. La Salle répondit à ces poursuites en partant pour le Niagara, d'où il était revenu depuis peu, à pied, dans la neige, presque sans vivres, avec un chien pour seul compagnon.

Aussitôt arrivé à l'habitation qui remplace le fort Conti, il complète l'armement du *Griffon*, le fait conduire à l'entrée du lac Erié (qu'il nomme Conti) et met à la voile le 7 août 1679. Le 10, il entre dans le canal de Détroit; le 23, dans le lac d'Orléans (Huron), où il essuie une violente tempête, et le 27 il arrive à Michillimackinac.

Il apprend là que plusieurs des hommes qu'il a envoyés

---

(1) Zenobe Membré, apud. Ch. Le Clercq, *Premier établissement de la foy*, ch. xxi. — Tonty, *Mémoire*, dans les *Relations et mémoires inédits pour servir à l'histoire de France dans les pays d'outre-mer*, par M. P. Margry ; Paris, Challamel, 1867. — Tonty, *Dernières découvertes dans l'Amérique septentrionale de M. de la Salle* ; Paris, 1697, p. 35. — Hennepin, *Voyage ou nouvelle découverte*, pp. 81-96. — *Description de la Louisiane nouvellement découverte au sud-ouest de la Nouvelle-France par ordre du Roy* ; Paris, 1683, pp. 37-46, 73. — M. Francis Parkman, *The discovery of the Great West*, p. 124-138.

aux Illinois ont déserté en emportant ses marchandises et que les autres ont réuni une grande quantité de pelleteries. Il charge le Griffon de ces pelleteries et le renvoie au fort Conti avec ordre de revenir immédiatement. C'était le 18 septembre. Un jour ou deux après, le pauvre navire n'existait plus. Les hommes qui le montaient l'ont pillé et coulé ou tout au moins livré aux fureurs de la tempête qui soulevait alors le lac. La Salle assure qu'on a vu ces malfaiteurs sur le haut Mississipi, avec du Lhut, chef de coureurs de bois (1).

Le 19, la Salle s'engage, avec quatorze hommes dans quatre canots, sur le lac Dauphin (Michigan). Le lac était tourmenté, le temps affreux, les Sauvages (Outouagamis ou Poutouatamis) hostiles. Le 1er novembre seulement il atteint la petite rivière des Miamis (Saint-Joseph). En attendant Tonty, qui a poursuivi les déserteurs au saut Sainte-Marie, et le Griffon qui, malheureusement, ne doit pas revenir, il construit un nouveau fort pour relier celui de Conti à ses futures découvertes.

Le 3 décembre, quand la Salle a réuni tout son monde, trente-trois hommes, il s'embarque sur le Miamis, passe sur la Kankakee (nommée par Jolliet *la Divine*), arrive à l'Illinois et s'arrête au lac Pimetouï ou Pimedy, maintenant Peoria où campent 4,000 Illinois avec lesquels il fait alliance.

La nuit même de son arrivée, Monso, chef miamis, vient secrètement le dénoncer comme ami des Iroquois, c'est-à-dire comme un ennemi très-dangereux qu'il faut tuer. Dans le même temps, plusieurs de ses hommes désertent, mais après l'avoir empoisonné. On le « tira d'affaire », dit Tonty, « avec » du contre-poison qu'un de ses amis lui avoit donné en » France ».

La Salle, sans rien affirmer, croit que Monso fut envoyé

____

(1) *Lettre de la Salle à la Barre du 6 juin 1683.*

par le P. d'Allouez (1); Tonty (2), Hennepin (3), Zenobe Membré (4) accusent des Français. Cette discrétion, ce me semble, ne trompe personne.

Quant à cette seconde tentative d'empoisonnement, les deux moines la passent sous silence. Il est impossible qu'ils aient ignoré un fait aussi considérable, mais il est possible qu'ils aient eu de puissantes raisons pour le taire. Cependant, le P. Membré dit un mot grave : les déserteurs, au nombre de six, ont été corrompus à Michillimackinac (5). Je dis que ce mot est grave, parce qu'il désigne les ennemis de Cavelier de la Salle.

Celui-ci entrevoit alors le sanglant dénouement de son entreprise, mais l'idée de reculer n'effleure même pas sa pensée ; il restera dans sa voie jusqu'à la réussite, ou jusqu'à la mort. Il commence la construction d'un nouveau fort qu'il nomme Crèvecœur, met en chantier un navire, envoie au nord dans le pays des Sioux, sur le Mississipi, Michel Accau (6), du Gray, dit le Picard (7), et le P. Louis Hennepin, puis il part à pied, avec six hommes, par un hiver très-

---

(1) *Mémoire de la Salle joint à la lettre du 9 novembre 1680, de Frontenac au Ministre de la marine* (Arch. du Min. de la mar.).

(2) *Mémoire,* édit. Margry.

(3) *Description de la Louisiane,* p. 153. — *Voyage ou nouvelle découverte,* p. 206.

(4) CH. LE CLERCQ, *Premier établissement de la foy,* ch. XXI, XXII.

(5) CH. LE CLERCQ, *op. cit.,* ch. XXIV.

(6) Dans les documents contemporains, le nom de cet officier est écrit Accau, Acau, Daccau, d'Accau, d'Accault. (M. F. PARKMAN, *The discovery of the Great West,* p. 230, n. 1.)

(7) Hennepin lui donne aussi le nom d'Antoine Auguette et dit qu'il était neveu de M. de Cauroy, procureur général des Prémontrés. (*Description de la Louisiane,* p. 257.)

rigoureux, pour aller chercher à Frontenac les agrès, apparaux et approvisionnements dont il a besoin pour continuer son expédition.

IX. — LOUIS HENNEPIN (1680).

La Salle donne à Michel Accau, pour faire aux Sauvages les présents habituels, des marchandises pour douze cents livres. Hennepin reçoit, pour le même objet, une douzaine de couteaux, autant d'alènes et quelques paquets d'aiguilles (1). Ce détail établit la situation respective des deux explorateurs.

Quand le bon Père se donne la première place, surtout quand il appelle dédaigneusement Accau et du Gray ses *canoteurs* (2), il abuse de sa fonction d'historiographe.

Ils partent de Crèvecœur le 29 février 1680, descendent la Seignelay (l'Illinois) et atteignent, le 7 mars, son confluent avec le fleuve Colbert (Mississipi), où ils sont retenus pendant cinq jours par les glaces que charrie le fleuve. Le 12, ils se mettent en route vers le nord (3). La pêche et la chasse leur fournissent une abondante nourriture.

Hennepin prévoit qu'il sera tué si les Sioux le rencontrent pendant la nuit, aussi prie-t-il avec ferveur saint Antoine de Padoue pour que la rencontre ait lieu de jour. Il est exaucé. C'est à deux heures de l'après-midi, le 11 avril, près du confluent du Wisconsin, à 500 milles environ de l'Illinois, que les Sioux, au nombre de 120, font leur apparition. Après avoir lancé quelques flèches, ils sautent sur le rivage en poussant des cris, et font prisonniers les trois Européens.

Plusieurs chefs veulent leur casser la tête ; d'autres s'y refusent pour ne pas empêcher les *Esprits* Blancs)¿(les de

---

(1) HENNEPIN, *Description de la Louisiane*, pp. 187, 188.

(2) HENNEPIN, *op. cit.*, pp. 211, 234, 237.

(3) HENNEPIN, *op. cit.*, pp. 188-193.

leur apporter des armes, des haches et du tabac. Un jeune chef, Narrhetoba, vient le lendemain fumer dans le calumet du P. Hennepin et le prend ainsi sous sa protection. Quelques vieillards mettent la main sur la tête du moine et répandent d'abondantes larmes que le bon Père essuie avec un vieux mouchoir qui lui reste, tout en s'efforçant de les consoler. Il n'est cependant pas sans inquiétude, car ces sensibles vieillards refusent de fumer dans son calumet. Plus tard, quand il sut que leur grand chagrin venait du désir qu'ils avaient de lui casser la tête, que leurs gémissements avaient pour but d'attendrir les chefs, il y fut beaucoup moins sensible, et finit même par trouver désagréables ces lamentations qui l'empêchaient de dormir (1).

Un chef, nommé Aquipaguetin, pleurait très-régulièrement une partie de la nuit. Les Miamis lui avaient tué un fils, et il aurait voulu venger sa mort sur les Français. A la suite d'un festin, où les larmes coulèrent plus abondamment que de coutume, Hennepin donna au lac près duquel ils se trouvaient le nom de lac des *Pleurs*. C'est aujourd'hui le lac Pepin.

Les Sioux allaient faire la guerre aux Miamis (2). Pourquoi? Parce que les Miamis ne parlaient pas tout à fait leur langue et honoraient un manitou un peu différent du leur. Ils comprirent, sur les indications d'Hennepin, que les Miamis avaient passé le Mississipi, ce qui rendait leur voyage inutile, et

---

(1) HENNEPIN, *op. cit.*, pp. 207-227.

(2) Les Sioux ou Dacotah, comme ils s'appelaient eux-mêmes, formaient trois grandes tribus. Ceux qui prirent Hennepin étaient des Issanti, Issanyati ou Issati. La principale tribu portait le nom de *Meddewakantonwan ;* les autres étaient les *Yanktons* et les *Tintonwans* ou *Tetons*. Ils vivaient sur le Mississipi et s'étendaient sur le Missouri jusqu'aux Montagnes Rocheuses.

Le nom de Sioux est une abréviation de Nadouessioux, mot Ojibwa qui veut dire ennemis. (M. F. PARKMAN, *The discovery of the Great West*, p. 240, note.

se souvinrent fort à propos qu'il y avait dans leur pays, comme sur l'Illinois, des plaines et des forêts, de la folle-avoine et du gibier. Ils commencent donc le 13 avril, à remonter le Mississipi, et comme le canot des Français, lourdement chargé, ne peut les suivre, ils donnent pour aider à le conduire quatre ou cinq bons rameurs.

Pendant dix-neuf jours, les Sioux se dirigent tantôt au nord tantôt au nord-ouest, ramant du matin au soir, avec une vigueur qui fait l'admiration du P. Hennepin. Ils font parfois de bons repas et parfois des jeûnes de vingt-quatre heures et plus. Ils cabanent quand il pleut, et couchent en plein air quand il ne pleut pas. Hennepin trouve cette existence un peu dure, ce qui ne l'empêche pas de rire. « Si nos Religieux » de l'Europe », dit-il, « essuyaient autant de fatigues et de » travaux, et s'ils faisoient des abstinences semblables à celles » que nous estions souvent obligez de faire dans l'Amérique, » l'on ne demanderoit point d'autre preuve de la canoni- » zation ; il est vrai que nous ne meritions pas toujonrs dans » de semblables conjonctures, et que sí nous souffrions, c'est » que nous ne pouvions nous en dispenser (1) ».

Une chose le chagrinait beaucoup, c'était la difficulté de dire son bréviaire. Quand les Sauvages le voyaient remuer les lèvres en regardant son livre, ils croyaient que ce livre était un méchant esprit et que le bonhomme faisait des enchantements. Ils lui firent comprendre leur mécontentement et le résultat qu'ils réservaient à sa persistance. Ses deux compagnons le prièrent de ne pas leur faire casser la tête pour une chose dont les circonstances lui permettaient de se dispenser. « Cela m'obligea », s'écrie-t-il, « de demander » pardon à nos deux canoteurs, leur disant que je ne devois » pas me dispenser de dire mon office, que si ils nous mas-

---

(1) Hennepin, *op. cit.*, pp. 210-229.

» sacroient pour ce sujet, je serois la cause innocente de
» leur mort aussi bien que de la mienne (1) ».

Accau et du Gray n'étaient pas contents et auraient bien
voulu que le fervent récollet fût encore à Crèvecœur.

Après dix-neuf jours de navigation, toute la troupe prit
terre dans le comté qui porte aujourd'hui le nom d'*Hennepin*,
au site Saint-Paul, que ce Père a célébré sous le nom de saut
de Saint-Antoine-de-Padoue.

Les trois Français furent donnés à trois chefs. Le maître
d'Hennepin fut Aquipaguetin, ce même vieillard qui avait tant
pleuré pour qu'on lui cassât la tête. Ce qui restait des marchandises fut également partagé, le canot fut brisé ; les ornements pontificaux du moine devinrent le partage de l'un des
fils d'Aquipaguetin, qui ne manqua pas de s'en parer. Toutefois, les Issatis offrirent à Michel Accau des peaux de castor
en paiement des marchandises (2).

Si les Sauvages ramaient admirablement, ils ne marchaient
pas moins bien. Hennepin dit que les Européens ne pourraient
supporter les fatigues qu'ils affrontent gaiement. Le bon moine,
à bout de force, se laissa tomber plus d'une fois en implorant
la mort. Les Sauvages, pour renouveler sa vigueur, mettaient
le feu aux herbes, « si bien, » dit le Père, « qu'il faloit avancer
» ou brusler (3). » Pour ne pas le laisser brûler, les Sauvages
lui donnaient la main (4).

Après cinq jours de marche, il atteignit sa destination. Ce
fut, dit-il, vers les fêtes de Pâques. Comment cela se peut-il ?

Fait prisonnier le 11 avril (5), il voyage dix-neuf jours en

---

(1) HENNEPIN, *op. cit.*, pp. 213, 214.

(2) HENNEPIN, *op. cit.*, pp. 333-35.

(3) HENNEPIN, *Voyage ou nouvelle découverte*, p. 351.

(4) *Description de la Louisiane*, p. 206.

(5) *Op. cit.*, pp. 219-233.

bateau et arrive le 30 au lac des Pleurs (Pepin); cinq jours plus tard (1), c'est-à-dire le 5 mai, il est au village d'Aquipaguetin, aux environs du lac Buade (maintenant *Mille lac*). La fête de Pâques tombant, en 1680, le 21 avril, le Père se trompe de quinze bons jours (2).

Hennepin se plaint beaucoup des Sauvages, mais sans raison.

Aquipaguetin l'adopte à la place du fils que lui ont tué les Miamis, et tout le monde dans le pays lui donne le nom de fils, de frère ou de neveu. Il est bien soigné, va, quand il lui plaît, dans les autres villages; il vient même, contre la volonté de « son père », jusqu'au Mississipi. (3)

Cependant pour les vivres, qui sont rares, les femmes accordent la préférence à leurs enfants, ce dont je ne me sens pas le courage de les blâmer. De son côté, il ne fait rien pour s'en procurer; il les attend patiemment, sans remuer ni parler, comme une image de saint attend les offrandes. Il lui faut aussi travailler aux champs avec les femmes et les enfants de « son père ». Tout cela lui est fort désagréable.

---

(1) *Op. cit.*, p. 238.

(2) Son récit de 1697 présente des variantes qui doivent être signalées.

Il est fait prisonnier le 12; le 13, Narrhetoba fume dans son calumet (pp. 324-329). Il navigue 19 jours (pp. 335-349) et arrive, 5 ou 6 jours après (p. 355), au village d'Aquipaguetin « au commencem ent dumois de mai 1680. « Je n'en puis point, dit-il, marquer le jour plus précisément » (pp. 359, 60). Le compte était pourtant facile à faire, mais le bonhomme avait des raisons pour ne rien préciser et ne plus parler des fêtes de Pâques.

(3) Le 11 juillet 1680, Hennepin revoit ce « père barbare » alors qu'il le croyait à plus de 200 lieues de lui. Il tremble fort pour sa tête, mais « ce père barbare » se contente de lui donner de la folle-avoine, une tranche de bœuf et le conseil de passer de l'autre côté de la rivière où sa vie doit être moins exposée (*Description de la Louisiane*, pp. 276-77).

Talonné par la faim, il s'efforce d'apprendre la langue de ses maîtres, et les enfants l'aident beaucoup dans ce difficile travail. Les sauvages s'étonnent de le voir leur répondre quand il regarde son papier ; mais ils ne s'étonnent pas qu'il soit célibataire, ainsi que ses compagnons. Vous êtes si laids avec votre barbe, lui disent-ils, que nos femmes ne voudraient pas de vous (1).

Les vieillards regrettaient qu'on le laissât sans manger et lui promettaient de bons morceaux pour la prochaine saison des chasses ; ils s'affligeaient de ce qu'il refusait des robes de peau de bœuf et de castor pour essuyer ses larmes. En résumé, pour un esclave, il n'était pas trop malheureux. Il est à croire qu'il n'aurait pas changé son sort contre celui des serfs des pays chrétiens, même des abbayes.

Comme je l'ai dit plus haut, Hennepin partit avec des chasseurs pour le Mississipi, contre la volonté de son père Aquipaguetin. Le 25 juillet il rencontra sur ce fleuve le Sieur du Lhut, célèbre chef de coureurs de bois, et revint en sa compagnie chez les Sioux. Quelque temps après, muni d'une carte dressée sur les indications d'un sauvage, il reprit avec du Lhut la route de la Nouvelle France.

Ce nouveau compagnon du P. Hennepin mérite une mention particulière pour la part qu'il a prise à la découverte du Mississipi.

Daniel Greysolon du Lhut, de la petite noblesse lyonnaise, était parent de Tonty, lieutenant de de la Salle, et de Louvigny, officier de la garde du gouverneur. Frontenac le protégeait fort, ce qui fait dire à l'intendant Duchesneau, dont le témoignage n'est d'ailleurs pas très-sûr, qu'il avait un intérêt dans ses affaires.

Du Lhut était continuellement aux avant-postes des habitations françaises, dans les forêts, dans les bourgs indiens,

---

(1) HENNEPIN, *description de la Louisiane*, p. 252.

xplorant, trafiquant, combattant, contenant les Sauvages et les Blancs, qui n'étaient pas moins indisciplinés les uns que les autres. Il vint plusieurs fois à Versailles conférer avec le ministre Seignelay. Il tenait peu de compte des ordonnances royales sur la traite des fourrures, mais il rendait à la colonie des services qui lui assurent une place d'honneur parmi les pionniers de la civilisation américaine.

Quand Hennepin le rencontra, il explorait depuis deux ans le nord du lac Supérieur. Il avait visité les Sioux et les Assiniboins, réuni des conseils et engagé ces tribus à vivre en paix (1). Bien que dans ses fonctions publiques il n'ait pas perdu de vue ses intérêts et ceux de ses associés, à sa mort, qui arriva dans l'hiver de 1710, tous les fonctionnaires et tous les historiens l'ont présenté comme un très-honnête homme et comme un officier du plus grand mérite (2).

Sur une carte contemporaine, dressée par le Jésuite Raffeix, on lit : « M. du Lude le premier a esté chez les Sioux en 1678, « et a esté proche la source du Mississipi, et ensuite vint « retirer le P. Louis (Hennepin) qui avait esté fait prisonnier « chez les Sioux. » Du Lhut apparaît ici comme sauveur d'Hennepin, ce dont le bon père ne convient nullement (3). Si l'on en croyait celui-ci, c'est même tout le contraire qui aurait eu lieu. D'après son récit, il dépasserait de cent coudées son nouveau compagnon, et, pour sûr, il l'aurait sauvé.

---

(1) En 1687 il a combattu aux côtés de Denonville qui l'avait chargé, l'année précédente, de fortifier Détroit. En 1695, il fut gouverneur du fort de Frontenac, et devint, en 1697, capitaine d'une compagnie d'infanterie.

(2) Il avait construit sur Thunder Bay, à l'embouchure de Kaminitiquia River, un fort qui porte aujourd'hui le nom de *William*.

(3) Tout ce qui est dit sur du Lhut est traduit ou abrégé de M. Parkman (*The discovery of the Great West.*p, p 252-256).

En passant, au retour, près du saut Saint-Antoine, deux hommes de la troupe ont enlevé des robes de castor que les Sauvages avaient consacrées à la divinité du fleuve. Du Lhut est fort mécontent et trouve absurde que l'on expose aussi légèrement la vie de ses compagnons. Hennepin ne pense pas ainsi : « Je loüai, » dit-il, « cette action de nos deux hommes, « qui faisaient voir en cela, qu'ils improuvoient la supersti- « tion de ces peuples. » Il ne s'en tient pas à cette profession de niaise intolérance : il ose dire que du Lhut tremblait de peur et qu'il dut s'interposer pour l'empêcher de frapper de son épée l'un des voleurs.

En réalité, du Lhut craignait que les Sauvages ne vinssent tirer vengeance du sacrilége, et ses craintes étaient fondées, Trois espions arrivent au camp, et le P. Hennepin d'ajouter au récit de l'entrevue : « du Lhut ne pouvait point revenir de « ses frayeurs, et me disoit qu'il auroit bien fait d'obliger de « gré ou de force celui qui les avoit prises (les robes de « castor), de les remettre au lieu où elles étoient. Je pré- « voyois que la dissension pourroit nous être funeste. Je fus « encore mediateur de paix... *puis que l'action de cet homme* « *étoit bonne en elle-même.* » Quand, deux jours après, une troupe d'environ deux cent cinquante Issatis arriva sur eux, il fit le brave et prétendit montrer à du Lhut comment on se servait du calumet. Celui-ci le laissa faire, pensant peut-être *in petto* que la perte d'un pareil compagnon ne serait pas un bien grand malheur.

Si l'on en croit Hennepin, tout s'arrangea grâce à son courage, à son habileté, à son intimité avec le chef des Sauvages, aux conseils qu'il donna au sieur du Lhut sur la conduite à tenir (1). Si le bon Père avait connu Virgile, s'il l'avait seulement vu, il aurait appris à la ville et au monde qu'il avait inspiré, revu et poli les *Géorgiques* et l'*Eneide*. Si tout ce qu'il raconte de son voyage avec du Lhut était vrai, il faudrait

---

(1) HENNEPIN, *Voyage ou nouvelle découverte*, pp. 427-34.

convenir que ce capitaine avait une patience qu'on ne s'attendrait pas à trouver dans un chef de coureurs de bois.

Après cette dernière rencontre avec les Sioux, nos voyageurs entrent dans le Wisconsin, et le soi-disant héros de tant d'aventures revient sain et sauf à Québec. Il se met aussitôt à écrire la relation de son voyage et la termine par un pompeux éloge de Cavelier de la Salle qui « réleve par « son zele et son courage les noms des Caveliers ses « ancestres, » qui « descendit l'année passée (1682) avec son « monde et nos Recolets, jusques à l'embouchure du grand « Fleuve Colbert, et jusques à la mer, » et se rendit « en « France pour donner à la Cour une ample connoissance de « toute la Louisiane que nous pouvons appeller les delices et « le Paradis terrestre de l'Amérique (1). »

Il avait dit avant, sans y être forcé par personne, et, à coup sûr, sans prévoir ses futures prétentions : « Nous avions » quelque dessein de nous rendre jusques à l'embouchure » du fleuve Colbert, qui probablement se décharge plutost » dans le sein de Mexique, que dans la Mer vermeille; mais » ces Nations qui se saisirent de nous, ne nous donnèrent pas » le temps de naviguer haut et bas de ce Fleuve (2) ».

Il écrivait ces lignes en 1682, et son livre fut achevé d'imprimer le 5 janvier 1683.

Quatorze ans plus tard, dix ans après la mort de Cavelier de la Salle, il tient un langage bien différent. « C'est ici, » dit-il, « que je veux bien, que toute la terre sache ce mystère » de la découverte, que j'ai caché jusques à présent pour ne » pas donner de chagrin au sieur de la Salle, qui vouloit avoir » seul toute la gloire, et toute la connoissance la plus secrete » de cette découverte. C'est pour cela qu'il a sacrifié plusieurs » personnes, lesquelles il a exposées pour empêcher, qu'elles

---

(1) *Description de la Louisiane*, pp. 310, 311.

(2) *Description de la Louisiane*, p. 218.

» ne publiassent ce qu'elles avoient vû, et que cela ne nuisit
» à ses desseins secrets (1) ».

Il raconte ensuite un prétendu voyage qu'il aurait fait, du 12 mars au 11 avril 1680, de l'Illinois au golfe du Mexique et du golfe du Mexique au Wisconsin.

MM. Sparks, Gilmary Shea, et Francis Parkman ont fait justice de ces impudents mensonges. M. Parkman s'est même donné la peine de relever tous les passages qu'il a copiés, souvent mot pour mot, dans les manuscrits du *Premier établissement de la foy*.

La Salle connaissait bien cette nuance dominante du caractère d'Hennepin, car il disait, dans une lettre datée de Frontenac, le 22 août 1681 (2): « J'ai cru qu'il étoit à propos de
» vous faire le narré des aventures de ce canot (d'Accau et de
» du Gay) parce que je ne doute pas qu'on en parle ; et si vous
» souhaitez en conférer avec le P. Louis Hempin (sic) Récol-
» lect qui est repassé en France, il faut un peu le connoître,
» car il ne manquera pas d'exagérer toutes choses, c'est son
» caractère, et à moy mesme il m'a écrit comme s'il eust esté
» tout près d'estre brulé, quoiqu'il n'en ait pas esté seule-
» ment en danger ; mais il croit qu'il lui est honorable de le
» faire de la sorte, et il parle plus conformément à ce qu'il
» veut qu'à ce qu'il fait ».

Hennepin avait une autre faiblesse qui d'ailleurs, était ausis fille de sa vanité : la médisance. Il a médit du loyal Tonty, de Michel Accau, du brave du Lhut ; il a diffamé Cavelier de la Salle dans l'espoir de lui ravir l'honneur de ses travaux.

Il ne manquait ni de courage ni de mérite ; son voyage avec Michel Accau lui vaudrait une place d'honneur parmi les pionniers de l'Amérique septentrionale, mais son excessive vanité

---

(1) *Voyage ou nouvelle découverte*, p. 248.

(2) M. F. PARKMAN, *The Discovery of the Great West*, p. 259, n. 2.

et sa tendance au mensonge l'ont empêché de franchir le niveau des hommes vulgaires.

X. — CAVELIER DE LA SALLE (1682).

Deux jours après le départ d'Hennepin et de Michel Accau, c'est-à-dire le 4 mars 1680, Cavelier de la Salle se mit en route pour Frontenac, en compagnie de quatre Français et de Nika, un chaouanon qui, de 1669 jusqu'à sa mort, le suivit partout, même en France, et lui fut complétement dévoué. C'était un voyage d'environ cinq cents lieues, dans les conditions les plus difficiles, tantôt à travers bois, dans la neige, tantôt à travers des plaines que la pluie et la neige fondue transformaient en marais.

La Salle étudia le *Starved Rock* (1), sur l'Illinois, et donna l'ordre à Tonty de s'y fortifier.

Il atteignit le fort des Miamis le 24 mars et en partit le lendemain. Il apprit au fort Conti la perte du *Griffon* et celle d'un navire qui lui apportait de France vingt-deux mille livres. Il apprit aussi que, sur vingt-deux hommes qu'il avait engagés en France, dix-huit étaient retenus par son ennemi Duchesneau, et quatre repartis sur la nouvelle de sa mort. Etait-ce tout ? Non. Plusieurs de ses hommes avaient déserté avec ses marchandises et ses canots ; dans le même temps, la troupe de Tonty était dispersée, les forts de Crèvecœur et des Miamis dévastés, le magasin de Michillimackinac pillé. Il semblait, selon sa propre expression, « que tout le Canada eut conjuré contre son entreprise (2). »

____

(1) Nous en possédons une photographie que nous devons à l'amitié de M. F. Parkman, de Boston.

(2) ZENOBE MEMBRÉ, ap. CH. LE CLERCQ, *Premier établissement de la foy dans la Nouvelle-France*, ch. XXII.

Ses amis étaient accablés ; ses ennemis, qui voyaient la réussite de leurs menées souterraines, triomphaient. Ils se pressaient trop. Ils ne savaient pas ce qu'il y avait de ressource et d'énergie dans ce noble rejeton des vieux navigateurs normands.

La Salle court à Montréal, s'arrange avec ses créanciers, qui lui font de nouvelles avances, et se remet en route avec vingt-cinq hommes, ouvriers et soldats, remonte l'Humber, traverse le lac Simcoe, descend le Severn, entre dans le lac Huron par Georgian Bay, et s'arrête quinze jours à Michillimackinac pour faire des vivres ; il en repart avec douze hommes et revoit, le 4 novembre, les ruines de son fort des Miamis. Il descend à l'Illinois et, de là, droit au Mississipi. Des dix-sept villages qu'il avait vus jadis, il ne reste plus que des poteaux noircis par le feu et des débris de cadavres que les chiens, les loups, les corbeaux, les hommes s'étaient disputés. La Salle reconnaît, par l'inspection des campements successifs, que les Iroquois ont poursuivi les Illinois jusque sur le Mississipi. Il ne voit pas, sans une vive émotion, près de ce fleuve, des femmes et des enfants à demi-consumés encore attachés au poteau du supplice et des chaudières remplies de chair humaine.

Sur un arbre des bords du fleuve, il se représenta en canot portant un calumet de paix et laissa une lettre informant Tonty de son retour au grand village des Illinois. Il revient en effet sur ses pas, malgré l'offre que lui font ses hommes de l'accompagner jusqu'au golfe du Mexique.

Après d'incroyables fatigues il revoit enfin le fort des Miamis, qui sera son quartier d'hiver.

Il étudie de nouveau la situation, cherche le moyen d'arriver à la découverte et à la conquête du bassin du Mississipi, à l'extension de la souveraineté française et du champ ouvert à notre activité commerciale.

Il sait que de savantes intrigues ont mis en travers de ses projets leerrible Iroquois, et qu'il ne retirera de son grand voyage un résultat pratique qu'en arrêtant ce guerrier par une barrière infranchissable. Il reconnaît, en même temps, la nécessité d'un centre commercial et militaire entre les bassins du Saint-Laurent et du Mississipi. Le fort Saint-Louis, sur le Starved Rock, et les riches plaines de l'Illinois lui paraissent répondre également bien aux nécessités de la guerre et aux besoins du commerce.

Son projet arrêté, il en commence immédiatement l'exécution.

Il visite les diverses nations habituellement soumises aux incursions des Iroquois, les engage, par des paroles et par des présents, à oublier leurs vieilles querelles pour s'unir contre l'ennemi commun qui menace de les dévorer l'une après l'autre. Il leur promet de se mettre à leur tête, de leur fournir les armes et les divers objets dont elles ont besoin, de les placer sous la protection du roi de France. Il se proposait *in petto* de les amener au christianisme et à la civilisation. C'était un noble but et parfaitement réalisable dès la seconde génération. Il suffisait pour cela de faire des mariages mixtes et d'élever à la française tous les enfants.

Les premières tentatives de Cavélier de la Salle eurent un plein succès. D'après la carte de Franquelin de 1684, les guerriers réunis autour du fort Saint-Louis étaient au nombre de 3,800, soit 4,000 en comptant les Abenakis installés dans le fort. La Salle, dans un rapport au ministre de la marine, porte à 20,000 le chiffre total de la population.

Comme seigneur du pays, en vertu de ses lettres patentes citées plus haut, il fit aux Français des concessions. Ses détracteurs ne manquèrent pas de présenter cette naissante colonie sous le jour le plus odieux. En l'absence du chef, disaient-ils, les concessionnaires se marient tous les jours de la semaine avec des sauvagesses; la Salle, à moitié fou, tranche du roi et rançonne ses compatriotes. La Barre, vieux soldat et gouverneur déloyal, se fait le porte-voix intéressé de ses calomnies

Il serait puéril de soutenir que les hommes de Cavelier de la Salle étaient la vertu même ; mais je le demande, valaient-ils moins que ceux du général de la Barre et de ses associés ? Ce que l'historien doit considérer dans la création de la colonie des Illinois, c'est l'importance qu'elle pouvait acquérir en très-peu de temps pour le commerce et pour la défense de nos possessions, c'est la hauteur de vue et le patriotisme qui servirent en cela comme en tout, Cavelier de la Salle.

Avec les beaux jours arrivait le moment de compléter la découverte. La Salle retourne encore une fois à Frontenac, obtient de ses créanciers de nouvelles avances, fait son testament (11 août 1681), prend avec lui Tonty, le récollet Zenobe Membré, Jacques Métairie, notaire du fort de Frontenac, 20 français, 18 abenakis ou mahingans, qui emmènent dix femmes et trois enfants, et se met en route. Le 6 février il arrive au Mississipi ; le 12, il se confie au fleuve ; il arbore les armes royales et la croix aux Arkansas, le 14 mars, aux embouchures mêmes du Mississipi, le 9 avril (1).

Il avait, en une seule fois, parcouru quinze cents lieues de désert n'ayant, pour vivre, que le produit de sa chasse, et pour se conduire, que l'aiguille aimantée. Il avait réussi avec une poignée d'hommes là même où les Espagnols avaient échoué avec des troupes nombreuses.

---

(1) *Procès-verbal de la Prise de Possession du Pays des Arkansas, 14 mars 1682, Ms. — Relation de la découverte de l'embouchure de la rivière Mississipi dans le golfe du Mexique faite par le sieur de la Salle, l'an passé 1682.* (Découvertes et Etablissements de Cavelier de la Salle, app. VIII). — *Procès-verbal de la prise de possession de la Louisiane à l'embouchure de la mer au golfe du Mexique, par le sieur de la Salle, le 9 avril 1682.* (Dic. et Etabl., app. XII.) — TONTY, *mémoire.* édit. Margry. — CH. LE CLERCQ, *Premier établissement de la foy dans la Nouvelle France, t. II.* — GRAVIER, *Découvertes et Etablissements de Cavelier de la Salle.* — M. PARKMAN, *The Discovery of the Great West.*

Cette découverte, la plus importante du siècle, fait de lui le plus grand homme de son temps, l'un des plus illustres artisans de la carte du monde. C'est avec raison que l'Amérique a gravé son nom sur la carte des Etats de l'Illinois et du Texas, et qu'elle a placé son médaillon au Capitole de Washington, entre ceux de Christophe Colomb, de Sébastien Cabot et de Walter Raleigh. Sa ville natale s'honorerait en élevant un monument à sa mémoire.

L'intention de Cavelier de la Salle était d'élever un fort aux embouchures mêmes du Mississipi, mais le manque de vivres le força d'ajourner son projet à l'année suivante. Il se remet donc en route pour le Canada.

A l'aller, toutes les tribus des bords du fleuve lui ont fait bon accueil ; au retour plusieurs le veulent tuer. Faut-il attribuer ce revirement subit à la mobilité du caractère Indien ?

Je ne le crois pas.

En arrivant au fort Prudhomme, qu'il avait construit chez les Chicassas, il tombe subitement « malade de maladie mortelle (1) ». Ni lui, ni Tonty, ni Membré ne s'expliquent sur la nature de cette maladie.

Quand, après quarante jours de lit, il revient aux Illinois, ce n'est pas pour être glorifié comme il le méritait, mais pour être persécuté.

Le vieux La Barre, qui n'était qu'un pantin dans la main de son entourage, nie effrontément non-seulement les résultats de la découverte mais la découverte elle-même. Il ne s'en tient pas à cela. Il autorise les Iroquois à piller les canots de la Salle et même à tuer cet explorateur. Il arrête, contre tout droit, les hommes que la Salle envoie en Canada chercher les marchandises et les munitions dont il a besoin. Il refuse d'envoyer à Frontenac les soldats que la Salle l'avait fait prier

---

(1) Tonty, *Mémoire*, édit. Margry. — Zenobe Membré, *loc. cit.*   5 b.

d'y envoyer à ses frais. Il fait au ministre des rapports mensongers. Il en vient enfin à confisquer les forts Frontenac et Saint-Louis, à laisser sans défense la colonie des Illinois, à compromettre les résultats de la découverte, à ruiner Cavelier de la Salle et ceux qui s'étaient associés à ses travaux (1).

Ce vieux soldat, inepte et dévot, qui se prenait bonnement pour le plus habile homme de la colonie, n'avait aucun respect des lois qu'il était chargé de faire exécuter. Il faisait la traite sans pudeur même avec les Anglais, ce qui était une trahison. Il voyait dans la Salle un rival commercial (2).

Quand ses mesures arbitraires contre l'illustre rouennais déterminèrent la guerre avec les Iroquois, il se trouva pris entre son devoir et ses intérêts. La guerre engagée, il lui fallut enfin renoncer à son trafic, mais aussi mauvais général que mauvais politique, il ne sut rien faire à temps et la Nouvelle France glissa irrésistiblement vers sa perte.

C'est ainsi que l'ineptie et la déloyauté d'un seul homme firent tomber aux mains des Anglais le plus beau fleuron colonial de la couronne de France.

La Salle ruiné, dépouillé de ses concessions, de ses forts, revint en France ; la cour lui rendit justice et lui donna le moyen de retrouver par mer les embouchures du Mississipi (3). Il allait se relever et, malgré ses ennemis, fonder

---

(1) *Mémoire pour rendre compte à **Monseigneur le Marquis de Seignelay** de l'estat où le sieur de la Salle a laissé le fort Frontenac pendant le temps de sa découverte.* (Arch. du Min. de la Marine). — CHARLEVOIX, *Histoire et description générale de la Nouvelle France ;* Paris, 1744, t. II., pp. 308 et 378.

(2) *Découvertes et Etablissements de Cavelier de la Salle,* pp. 215 et sep.

(3) *Mémoire du sieur de la Salle pour rendre compte à **Monseigneur de Seignelay** de la découverte qu'il a faite par l'ordre de Sa Majesté,* (Arch. du Min. de la Marine). — *Lettres patentes délivrées à Cavelier de la Salle le 14 avril 1684. (Découvertes et*

définitivement la Nouvelle France ; malheureusement le capitaine de Beaujeu, qui commandait sa flottille, le trahit. Abandonné presque sans vivres et sans munitions sur les plages du Texas, à l'endroit qui porte aujourd'hui son nom, il ne perdit pas courage et fit diverses tentatives pour gagner par terre le Mississipi. Tous les Indiens, quand ils surent qu'il était Français, lui firent très-bon accueil. Au moment de toucher le but, il fut assassiné par Duhaut, l'un de ses compagnons (1).

Etablissements de Cavelie. de la Salle app. XIII). — *Lettre de Louis XIV à M. de la Salle, du 12 avril 1684.* Copie de la main de la Salle communiquée par M. Mario de la Quesnerie. — *Mémoire de ce qui est nécessaire pour faire l'entreprise du sieur de la Salle.* (Arch. du Min. de la Mar.). — *Mémoire du sieur de la Salle sur l'entreprise qu'il a proposée à Monseigneur le Marquis de Seignelay, sur une des provinces du Mexique* (Arch. du Min. de la Mar.). — *Déc. et Etabl., pp.* 225 et seq. — M. PARKMAN, *The discovery of the Great West,* pp. 302 *et seq.*

(1) JOUTET, *Journal historique du dernier voyage de feu M. de la Salle ;* Paris, 1713. — ANASTASE DOUAY, *Premier établissement de la foy,* ch. XXIV. — CHARLEVOIX, *op. cit.,* t. III, p. 5 et passim. — *Mémoire de Tonty,* édit. Margry. — *Relation du voyage entrepris par feu M. Robert Cavelier, sieur de la Salle, pour découvrir dans le golfe du Mexique l'embouchure du fleuve Missisipy, par* M. CAVELIER, *prêtre de S.-Sulpice ;* Manate, 1858. Ce mémoire a été imprimé à 100 ex. sur le ms. de M. F. Parkman. — *Lettre de la Salle au ministre datée de l'embouchure occidentale du fleuve Colbert, le 4e mars 1685* (Arch. du Min. de la Mar.) Correspondance avec Beaujeu réunie en un cahier (Arch. du Min. de la Marine).— *Procès-verbal du sieur de la Salle sur le naufrage de la flûte l'Aimable, à l'embouchure du fleuve Colbert* (Arch. du Min. de la Mar.) — *Interrogations faittes à Pierre et Jean Talon par ordre de monsr le comte Dupontchartrain à leurs arrivéé de la Veracreux le quatorziesme de septembre 1698.* (Communication de M. Mario de la Quesnerie).—*Découvertes et Etablissements de Cavelier de*